KB089849

당신인 나

당신인 나

펴낸날 ‖ 2016년 10월 25일 초판 발행

지은이 ‖ 김선화

펴낸이 ‖ 유영일

펴낸곳 ‖ 올리브나무 출판등록 제2002-000042호

경기도 고양시 일산동구 정발산로 82번길 10, 705-101

전화 070-8274-1226, 010-7755-2261

팩스 031-629-6983 E메일 yoyoyi91@naver.com

값 10,000원

ISBN 978-89-93620-56-6 03810

당신은 나

김 선 화 시집

올리브나무

낙서들을 내보내며

내 나이쯤이면 누구나 살아온 이야기가 끝도 없게 마련이다. 돌아가신 어머니도 아무나 붙들고 자신의 과거 이야기를 하고 또 해서 좀 지겨워했던 기억이 난다. 나도 가끔 자식들한테 과거 이야기를 꺼내놓곤 하는데, 그럴 때마다 딸아이는 금방 "엄마! 한 번만 더 들으면 천 번!"한다.

가장 자주 한 이야기는 "6.25 전쟁"이다. 전쟁의 상처가 그만큼 내 생애에 큰 영향을 끼쳤기 때문일 것이다. 내가 어머니 뱃속에 있을 때, 일제 때 지주였던 외할아버지 때문에 그 딸인 엄마는 인민군에게 끌려 총살을 당하려는 찰라, 한 인민군 장교가 배가 만삭인 여자는 죽이지 말라고 해서 살아났다고 한다. 태어날 당시에도 피 묻은 대창으로 대나무밭에 숨어 막 몸을 푼 엄마를 죽이려고 했다고 했다. 엄마는 그런 이야기를 수도 없이 되풀이했다. 아무튼 어찌어찌해서 살아나긴 했지만, 내가 평생 잘 놀라고 매사를 두려워하고 몸과 마음이 유달리 허약했던 이유가 그때의 상처들과 어찌 무관할 수 있겠는가.

태어난 후 전쟁은 그쳤지만 아직 남북이 분단된 상태이니, 6.25전쟁은 아직도 끝나지 않은 채 계속되고 있는 듯하다. 지구상의 유일한 분단국가인 우리 민족은 집단무의식적으로 치유가 필요한 상처를 안고 살아가고 있는 셈이다.

내가 성장해 가는 동안에도 부모들의 공포와 상처는 전쟁을 계속하게 했다. 고지식하고 보수적인 아버지와 자유분방하고 열정적이고 허영심이 많은 어머니의 전쟁은 피나게 계속되었고, 두 분 다 일찍 상처와 각자의 성향에 순교를 하였다. 사회적으로는 좌파와 우파, 지역 간, 계층 간, 세대 간의 전쟁도 그칠 날이 없었다. 기실 지금의 현실도 크게 다를 바가 없어 우리나라는 지구상에서 가장 불안하고 행복하지 않은 국가 중의 하나인 것 같다.

결혼한 이후에는 단 하루도 술에 취해 있지 않고는 견디지 못하는 남편, 겁 많고 예민한 나에게 주어진 종손 며느리의 의무와 책임, 사회와 생존의 압박은 나를 옥죄었다. 심약하고 정 많은 남편이 술로 도피했듯이 나는 종교와 소위 '영적인 길'로 도피하였고, 마음은 늘 화와 두려움으로 가득 차 있었다. 나약한 비겁주의자인 나는, 전쟁을 치를 때마다 도망을 가거나 무서워서 마음으로만 전투를 한다. 어디에도 진정한 평화는 없었다. 나는 이 모든 카오스를 넘어서지 않고는 도저히 살 수가 없었다.

이 낙서는 그동안 상처로부터, 의무와 생존으로부터 도피하는 길 중의 하나이자, 살아남으려는 몸부림 같은 것이다. 나는 정말로 전쟁을 끝내고 싶었다. 평화를 원했다. 전쟁을 끝내기 위해서는 무력한 내가 두 손을 들고 항복하는 길밖에는 없었다. 대장암 3기의 수술을 하고 나서도 1개월 반 만에 날마다 완전히 만취가 되어 들어오는 남편, 오직 'By 술, Of 술, For 술' 하는 남편과도 그만 화해하고 싶었다. 이 짤막한 시 아닌 낙서들은 그때부터 스스로를 위로하고자 그 적거리기 시작했던 것들이다.

수술 후 6년 만에 남편이 세상을 뜨고 나자 더 이상 이 낙서는 나오지 않았다. 2년여가 지난 다음, 지인으로부터 출판을 제안하는 말을 듣고는 다시 들여다보고, 몇 편을 덧붙인 것이 전부이다.

나는 이 낙서를 통해 자신을 치유해 갔고, 내가 치유되면 우리는 모두 하나로 연결되어 있기 때문에 유난히 아픔이 많은 한민족, 그리고 인류로서 생존하고자 하는 인류의 아픔 또한 치유가 될 것이라 생각하였다.

그동안 하나임(Oneness)인 '나'는 극심한 투쟁을 통해 이원성과 분리의 환상인 에고를 극복해야만 했을 것이다. 이제 이원성을 넘어서는 새 인류의 시대가 도래했고, 하나임의 '나'는 점차 평화의 길에 들어서고 있는 것 같다. 아들 같은 딸과 딸 같은 아들인 우리의 아이들만 보아도, 내가 살아온 시대와는 달리, 남성과 여성의 역할이 극단적으로 분리되어 느껴지지 않고 훨씬 통합적이다.

하늘을 바라보아야만 살 수 있는, 그래서 늘 돌부리에 걸려 넘어지는, 나같이 나약하고 소심한 바보 중생 아줌마들에게 이 책을 바친다. 여자가 남자보다 오래 사는 이유 중의 하나는 수다 때문이라고 한다. 아줌마이자 할매인 나는 이 낙서를 통해 맘껏 수다를 떨었다. 아마 이 수다는 우주까지 시끄럽게 하고 있는지 모른다. 그러나 이제 어렵사리 평화를 얻은 나는 새 시대를 맞이하면서 아직 남아 있는 전쟁의 불안 속에서 그 찌꺼기까지 청소해야만 하는 이 시대의 젊은이들에게도 이 이야기를 들려주고 싶다. 우주 간에 일어나는 모든 일들이 모두 하나인 "나(I)"의 일이자 "당신(YOU)"의 일이라고.

2016년 한여름에
김 선 화

차 례

I . 춤추는 물음표

II . 가족 시네마

III. 은하수 아줌마의 지구촌 나들이

IV. 이것이 기적이 아니면 뭣이당가

Ⅴ. 어디에나 계시는 당신

Ⅵ. 주여, 날이 저물어 갑니다

Ⅰ. 춤추는 물음표

넌 누구니?

"나" 라고 하는 이 몸뚱이, 넌 누구니?
참 이상도 해라. 왜 이렇게 괴상하게 생겼을까?

"나" 라고 하는 이 생각, 넌 누구니?
참 이상도 해라. 왜 이렇게 왔다리 갔다리하니?

"나" 라고 하는 과거 이야기들, 넌 누구니?
참 이상도 해라. 왜 이렇게 따라다니니?

"나" 라고 하는 이 느낌, 넌 누구니?
참 이상도 해라. 왜 항상 붙어있니?

"너! 너! 너!" 라고 하며 매도당하는 "나"
대체 어쩌란 말이냐?
"나" 는 아무 것도 모르는데
아무 것도 모르는데

그럼 어때?

날마다 술에 고꾸라져 있어도
그럼 어때?

사거리 한복판에서
깨 활딱 벗고 물구나무서기를 하고 있어도
그럼 어때서?

아프고 서러워도
그럼 어때서?

늙고 외로워도
그럼 어때?

그 놈이 나를 발로 차도
그럼 어때?
그 놈 대갈통을 내가 부숴버려도
그러믄 어때?

그럴 수 있어?
그럼
그럴 수 있어?
그럼
그럴 수 있어?
그래도 돼

파도가 올라가면 내려올 것이고
내려가면 올라올 것이라
어지러울 뿐
바다는 그저 여여해

나는 누구?

수많은 소리를 듣고 있는
나는 누구인가요?

수많은 것을 보고 있는
나는 누구인가요?

수많은 음식을 오물거리고
온갖 말을 쏟아내는
나는 누구인가요?

숱한 기억, 앞날에 대한 걱정을 갖고 있는
나는 누구인가요?

거울 아니면
결코 본 적이 없는 눈, 코, 입 달린 내 얼굴
그리고 이 몸통
이것은 또 누구인가요?

구멍들만 있는 이 몸통
텅 비어 있는 구멍들 속에

무엇이 있어
보이고 들리고 맛보고
끌리고 밀어내는지

알 수 있는 것도
안다고 하는 것도
거울 속의 그림자

오직 아는 것은
모른다는 것뿐

인연

전 우주가 일해서 만든 인연
생각해보라
그대와 나
무한한 우주적 원인이 이렇게 작용한 걸
단 1초만 어긋났어도
단 1mm만 비꼈어도
마주할 수 없었을 그대
참 소중한 그대

사실일까?

오직 거울로 밖에 알 수 없는 내 얼굴
사실일까?

내가 본다고 알고 있는 저 별은
사실일까?

나를 사랑한다고 믿고 있는 그 남자
사실일까?

오늘 방송에서 나오는 소식
사실일까?

이 컴퓨터에서 나오는 검은 글씨는
사실일까?

80조의 세포의 합이라는 이 몸과
왔다갔다 하는 이 생각은
사실일까?

질문

주여, '모든 것'이고 '아무 것도 아닌' 당신
순간이자 영원인 당신

주여, 어째서 '당신(You)' 밖에 없고 또 '나(I)' 밖에
없나이까?
주여, 어째서 당신의 빛은 내면에 있고 저 바깥의 태양은
그림자라 하옵니까?
주여, 어째서 나는 전 우주이자 먼지라 하옵니까?
주여, 어째서 당신은 연약한 한 송이 꽃이자 무서운
뇌성벽력이라 하옵니까?
주여, 어째서 당신은 푹 찌는 여름열기, 겨울의 매서운
추위라 하옵니까?
주여, 어찌해야 뜨거운 열정이자 차가운 초연함이
되나이까?
주여, 어찌해야 상큼한 과일이자 똥오줌이 되오리까?
주여, 어찌해야 저항 없는 물이자 힘차게 나아가는
투사가 되오리까?
주여, 어찌해야 같이 가면서 홀로 나아가오리까?
주여, 어찌해야 새소리에, 꽃잎에 한눈을 팔면서
저 산꼭대기를 오르리까?

주여, 어찌해야 뱀, 쥐를 사랑하면서 피해가나이까?

주여, 어찌해야 춤추고 노래하면서 무겁게 당신의 일을
해나가리까?

주여, 어찌해야 어린아이이면서 성숙한 노인이
되나이까?

주여, 어찌해야 태어났을 때 울었으니 죽을 때는 웃을 수
있겠나이까?

주여, 어찌해야 이 작은 마음에 무한인 당신을 품게
되나이까?

주여, 언제쯤 자유와 질서가, 자연(Nature)와 영(Spirit)
이 같이 춤을 추나요?

주여, 언제쯤 머리와 가슴과 영이 하나로 만나나요?

주여, 언제쯤 '이 질문이 바로 당신' 임을
알아차리나이까?

오직 모를 뿐

거울 속에 보이는 주름진 턱, 째진 눈, 주근깨는 무엇일까?
모른다, 몰라

안경을 통해 보이는 익숙한 너희들-자식과 형제, 친구들은
무엇일까?
모른다, 몰라

머릿속으로 오락가락하는 무수한 생각들, 무엇일까?
모른다, 몰라

불쑥 나타나는 분노와 원망, 그리고 웃음과 울음, 무엇일까?
모른다, 몰라

빛나는 해와 은근한 달과 총총한 별들
춤추는 구름, 나무와 새, 나풀거리는 풀과 아름다운 꽃
지렁이, 뱀과 바퀴벌레는 무엇일까?
모른다, 몰라

문득 터져 나오는 춤과 노래, 무엇일까?
모른다, 몰라

끝없어 보이는 공간과 잔인한 시간, 무엇일까?
모른다, 몰라

어디에서 나오는지 모르는 알 수 없는 이 말들, 무엇일까?
모른다, 몰라

"모른다" 고 하는 이것은 무엇일까?
모른다, 몰라

예수님, 부처님 나를 내버려 두세요

나도 훌륭해지고 싶다고요
강하고
용기 있고
사랑이 넘치고
겸손하고
싶다고요

그렇지만, 거짓말 안하면 매 맞는걸요
다른 애가 가진 장난감,
나도 꼭 갖고 싶다고요
나를 깔보는 아이들, 정말 미워요
싸움질도 못하는 나
남들 괴로움도 내 괴로움도 모르는 척,
다른 얼굴 만들어놓아야 해요
조그마한 내 것, 꽁꽁 감추어 놔야지요
무슨 일이 닥칠지 누가 알아요?
눈곱만한 재주, 자랑도 쳐야지요
남들 허풍만 들어주라고요?

'원수를 사랑하고, 자비를 베풀라' 고 하셨지요?
나도 그러고 싶다고요
그런 체라도 하라고요?
체하다 보면 진짜가 될 수 있을 거라고요?
아이고, 흉내는 쪼끔 낼 수 있어요
훌륭해지고 싶어서, 칭찬받고 싶어서

어쩌다 세상에 나온 나
그냥, 그냥, 대충, 대충, 살게요
당신들은 그렇게 태어나셨잖아요?
나는 요렇게 태어났다구요
당신들은 당신들의 역할
나는 내 역할
나까지 당신들 흉내를 내면 이 세상 재미없것지유?
그라지유?

Ⅱ. 가족 시네마

당신이랑

신나게 싸웠지요
신나게 안았지요

신나게 미워했지요
신나게 사랑했지요

신나게 울었지요
신나게 웃었지요

신나게 아팠지요
신나게 놀았지요

신나게 괴로웠지요
신나게 즐거웠지요

당신이 가버린 지금
신나게, 신나게 그립네요

그리워하다가, 그리워하다가 지치면
신나게, 신나게 욕을 하리다

갈짓자로 걸거나

나의 인연이자 연인은
오늘도 어김없이 갈짓자다
눈은 게슴츠레,
얼굴은 불그스레
다리는 비틀비틀,
손은 덜렁덜렁

"오늘도 암과 성인병 예방하는 약, 묵고 왔네."
날마다 저 지랄해도 암시랑 않은 영감
요런 상팔자는 아무나 누리나

갈짓자로 가거나
거들먹거리거나
꼰대거나, 날라리거나
벌벌거리며 가거나
징징거리며 가거나
헤헤거리며 가거나
좌로 가거나 우로 가거나
바로 가거나
거꾸로 가거나

그러하더라
이러하더라
저러하더라
다, 그러하다
그럴 뿐이다

똥 싸는 영감, 방구 뀌는 마누라

대장을 떼어버렸다고
영감은 수시로 똥을 싼다
장에 독소만 남은 그 마누라
늘 방구를 뀐다

제대로 살았으면
똥내 나는 그런 업보
짊어지지 않았으리

영감은 뒷간 문 열어 놓고 텔레비전을 보며
으랏차차, 픽픽거리고
마누라는 밥하면서 뿡뿡거린다

영감은 마누라 방구소리
로자보보(전설적인 트롬본 주자)의 나팔소리보다
좋다 하고
마누라는 똥간에 앉아있는 영감이 짠하다

업보 고약한 탓에
구린내 나는 인생살이

그래도
또 살아보고
또 살아보고
또 살아보고 싶을 것이다

고약한 당신

당신 따라서 술집 가지 않겠노라고
당신 따라서 동창회 횟집에 가지 않겠노라고
당신 따라서 순창 집안곗날에 가지 않겠노라고

절대 당신 때문에 울지 않겠노라고
절대 당신 때문에 웃지 않겠노라고

죽어라고 독립선언을 했지요
삼일절에 이따위로 해방을 주고
가버린 당신

내가 언제까지 독립만세를 불러야
당신 직성이 풀리나요?
유관순 되어 죽어도
해방은 쉬이 안 오는 거죠?

기저귀 당신

늘 철없는 나를 위하여
아직은 철없는 아들과 딸을 위하여
기저귀로
사랑을 완성시킨 당신

하늘에 붕붕 떠 있는 나의 사랑으로
나와 당신은 외롭고 불안했지요
수없이 기저귀를 갈게 해서
땅과 하늘, 하나가 되게 한 당신

이 세상 모두의 똥과 오줌을 보여준
무한한 사랑
이제 내 머리의 사랑이
똥과 오줌, 그리고 성기로 내려왔을까요?

이제 비로소
하늘과 땅이 합하여
가슴의 사랑을 만났을까요?
아니면 아직도 엉금엉금
가슴으로 가고 있나요?

당신이 있었기에

당신이 있어
밥을 차려 먹었지요

당신이 있어
일하는 흉내도 냈지요

당신이 있어
하늘이 그토록 푸르렀지요

당신이 있어
자유를 찾는다고 아등바등했지요

당신이 있어
수행을 한다고 요란을 떨었지요

당신이 있어
당신처럼 사랑해보려고 했지요

당신이 있어
주님을 찾았나 봐요

당신이 있어
숨을 쉬었나 봐요

당신이 없으니까

연애가 해보고 싶었지요
당신만 쳐다보기 싫어서

가출이 하고 싶었지요
당신이 나를 묶어 놓아서

출가도 하고 싶었지요
당신을 놔버리고 싶으니까

늘 혼자 있고 싶었지요
항상 당신과 함께 있으니까

당신이 가버린 지금
아무 것도, 아무 것도 하고 싶지 않네요
당신이 없으니까

당신이 부러워요

캄캄한 무지의 바다, 야무나 강을
건너간 당신

황량하고 무서운 황야를 투덕투덕
걸어간 당신

그렇게 지독한 산통을 다 치루고
다-아 놓고
새로 태어난 당신

하늘의 평화를 성취한 당신
당신이 참으로 부러워요

가장 아름다웠던 당신에게

비뚤어진 얼굴,
마비된 팔다리
가누지 못하는 목
갈비뼈만 남은 몸통
수시로 나오는 똥, 오줌
물마저 입술 새로 질질 흐르고
'아파, 아파' '끙, 끙'
신음하던 당신

당신을 안지 어언 50여년
이보다 아름다웠던 적은 없었지요
이보다 빛났던 적은 없었지요

부끄러움도
욕구도
판단도
고집도
애착도
두려움도

모든 것을 놓고
빛, 그 자체였던 당신

차마 당신 눈을 쳐다보지 못했지요
천상의 광채가 빛났던 눈동자
오직 어린 아이만 갈 수 있다는 하늘나라
그 성소로 곧바로 가신 당신

이보다 아름다울 수는 없었지요
이보다 빛날 수는 없었지요

알몸이었던 당신

진흙바닥에 누워 있는
당신의 알몸이 부끄러워
종교와 문화, 보통 사람들의 옷을 입히려고 애를 썼지요
우아하고 세련되게

몹시도 용을 썼지요
슬그머니 내 에고의 옷으로 치장하고자
결코 알아챌 수가 없었지요
당신의 알몸이 바로 주님인 것을

당신은 하늘나라를 성취하고
지금 나는 당신에게 미안하고 부끄러워
엉엉 울고 있어요
땅에 뒹굴면서

다만 나는 알고 있어요
당신의 큰 사랑이
나를 구원했다는 것을
아니, 구원하리라는 것을

당신을 그리며

이 땅 어디에서도 찾을 길 없는 당신
이제,
어느 차원의 하늘에 계신가요?

설마, 티끌의 모습도 없다는
무한 사랑 자체가 되어버렸나요?

난 아직 꿈속이라
색깔과 형상들 속에 어지러이 울며
헤매고 있어요

언제쯤이면 이 꿈 깨어
명실공히
당신과 하나가 될까요?

아프면 아프고

아팠어요
무서웠어요

조롱당했어요
외로웠어요
무력했어요
불안했어요

숨기만 했어요
들킬까봐 눈치만 살폈지요

죄 탓이라고요?
업 탓이라고요?
에고 때문이라고요?
성장하기 위해 그런다고요?

모르겠어요
모르겠어요
도저히 모르겠어요

아픔과 함께 아픈 대로
무서움과 함께 무서운 대로
외로움과 함께 외로운 대로
무력감과 함께 무력한 대로
그대로
이대로
지금 이대로
그냥 이대로 있어 보았지
그럴 수밖에는 어쩔 도리가 없었지

웬일일까?
나는 보았네,
심원의 낯선 행복을
고통의 성난 물결들은
무한한 바다의 평화로 이어져 있었네
바다를 떠난 적이 없는 물결들은
늘 출렁이고

예쁜 내 새끼들

이제 평화다
더 싸우지 않아도 된다
아니 더 싸워도 된다
울어도 된다
웃어도 된다
카인이어도 된다
아벨이어도 된다
거친 욕망도
끝없는 판단도
모든 것이 드러난 낮도
다 감추어져서 알 수 없는 밤도
쾌락과 고통의 삶도
다 사라져 버리는 죽음도 두렵지 않다

깊은 잠도, 꿈도, 깨어남도
모든 것이 다 나의 일이니까
방방 뛰는 딸내미
축 처진 듯 아들내미
다 예쁜 내 새끼들이니까
그리고 또한 나이니까

식물인간이 된 아버지

당신은 나와 무한한 거리에 있었습니다
당신은 아무런 응답도 보내지 않으셨지요
애당초 소통은 기대하지도 않았습니다

간혹 나도 아버지처럼 있어봅니다
그 '있음(being)'의 무한 평화
당신도 혹시 이 평화가 그토록 그리우셨나요?
당신을 옥박지르던 세무서원
당신의 무능력을 몰아세우던 가족
끝없이 아첨해야만 했던 회장님

당신은 이미 알고 있었겠지요
자신이 끝없는 평화임을
이곳에서 일어나는 애정과 권력
그리고 의무와 책임
굳이 이미 내 안에 있는 평화와 거래할
아무런 이유도 없었습니다
오직 당신의 사랑이 십자가의 예수님이 되어
누워있기만을 원했지요
시끄러운 이 세상, 고요해지기만을 기다리면서

자식걱정

이제 돈벌어보았자 쓸 일 없고
이제 남자 꼬드겨 연애할 일 없고
이제 역사에 이름 남길 일 없고
어디에 가서 잘 난 체 할 일 없는데
아무 걱정할 일 없는데

다 큰 이놈, 밥 먹었을까
다 큰 이놈, 차에 치이지 않을까
다 큰 이놈, 어디 가서 구박당할까
오직 그것만 걱정이네

아버지와 어머니

이제는 지쳐 그만 싸울 줄 알았다
웬걸, 내 속에서 여전히 전투 중인 아부지와 어무니

학문으로 미시는 아버지
항문으로 버티시는 어머니

학문과 항문과 싸워보았자
언제나 KO 패한 아버지

복수를 내 속에서 하시다가
이제는 내 속에서도 점점 밀린다

제발 갈라지라니까요!

이놈아, 우리가 한 몸이다
여지껏 그것도 모르냐?

울 엄마의 사랑

공짜 짜장면 먹이려고
곗날, 자식들 학동 중국집에
다 몰고 갔다

자식 반장 안 시켜주는 선생님 갈아 버리고
아들 시험 떨어져, 한 달간 대성통곡을 하였다
학교에 올 때는 기워 입은 속옷 위에
양단저고리를 입었다

나이 40살에 죽으면서,
자식 보약 먹이라고, 명문학교 보내라고
유언을 하신 엄마

이제, 내가 엄마처럼 살고 있을 때
엄마는 귀신이 되어 나타났다
'나겉이 살지 말그라.'

지긋지긋한 울 엄마
아직 자식 때문에 구천을 헤매는 울 엄마

자식들아, 나를 미워하거라

나를 좋아하면
꼭 나만큼 밖에 되지 않고 나만큼도 되지 않는다.
나를 미워하거라
그리고 그 고통이 너무나 아파야
나를 넘어갈 수밖에 없단다.
너희들이 딛고 뭉기라고
꼭 웅크리고 있으마
오만 더러운 짓, 치사한 짓 다 하고 있으마
너희들은 그것들 견디면서 단단해져
넘어갈 힘을 얻고 나를 꽉 밟고 서야
저어기 저 하늘로
비상한단다.

죄가 하도 많아

울 엄마는 늘 말했지요
'내 죄가 많아 이 고생이다.'
죄 많은 엄마 속에서
죄 많은 세상 속으로
죄 많은 내가 나왔나 봐요

죄가 많고도 많은 나
매가 무서워 거짓말을 했지요
잘나 보이려고 쌈질도 했지요
짝궁 지우개도 슬쩍 했어요
그 계집애 뺨이 너무 예뻐서 성희롱도 했어요

사탕 받아먹으러 교회에 갔더니
높으신 어르신이 그러네요
'태초에 하나님이 아담과 이브를 창조하시었다.
아담과 이브가 선악과를 따먹고 죄에 빠져
우리는 모두 태어나면서부터 모조리 죄인이다.'
참말로 그 말이 맞구만요
내 죄, 도저히 다 셀 수가 없구만요

헌데요, 지고한 하나님
아담과 이브가 선악과를 따먹을 줄 진짜로 모르셨나요?
아니면 실수를 하셨나요?
어쩌다 죄 많은 엄니와 아부지를
또 죄 많은 나를 만드셨나요?

아니면, 혹시나 인형놀이를 하고 싶으셨나요?
그도 아니라면, 모독한다고 절대로 화내질랑 마세요
하나님께서도 나처럼 죄가 많고, 또 많고, 하시남요?

'어허, 이놈 네 죄고 네 업보이지
나는 순수하고 깨끗해.'

그럼 대체,
당신이 만드셨다는 자식들의 업보는 누구 것이라요?
혹 당신이 손수 노시는 고약한 놀이인감요?

어느 알콜중독자의 노래

아부지는 술만 마시면
어무니를 패면서 강짜를 놓았죠
치매로 천지분간 못하더니
일찍 세상 떠버렸지요

이렇게 살지 말자
죽어도 이렇게는 살지 말자 했는데
살면서 보아 온 것은
날마다 술병과 폭행
이 밖에 다른 세상, 나는 몰라
남들은 어떻게 사는지 나는 몰라

나랑 똑같이 살았던 여자와
버젓이 결혼까지 했지요
나도 아부지랑 똑같이
마누라를 패고 주정을 부렸지요
이 밖에 다른 세상, 나는 몰라요

나하고 똑같이 산 마누라
늘 징징 울더니,

희한하게 어느 날
빙긋빙긋 웃기 시작하네요
웃는 얼굴에 침 못 뱉어
매질 멈추고 물었지요
'야, 이런 세상 말고 다른 세상이라도 보았냐?
딴 놈이 생겼냐?
아니면 미친 것이냐?'
마누라는 그저 웃기만 할 뿐

마침내 마누라 왈,
'어둔 구름 사이 언뜻, 빛을 보았지요.
하도 캄캄해서
빛을 찾아 헤맸더니
그 빛이 내 안에 있더라고요
모두가 당신 덕분
당신의 사랑이 너무 커서
내 안의 빛을 밝혀주려고
이리 힘든 역할을 하셨지요.'

참 모를 일

그나저나 힘 빠져
두들겨 패기도 뭐하니
그 빛인가 뭔가 하는 것이나
조사해 보리
참말로 있기나 한 것인지?

III. 은하수 아줌마의 지구촌 나들이

당신을 못 찾는 것은

정말이지 이해가 안 되어요
빨강, 주홍, 노랑, 초록, 파랑, 남, 보라
모든 색깔이
이렇게 수많은 형형색색의 빛깔이
모두 합치면 하얀색이 된다는 것

당신은 하얀색

빨강인 내가
하양 안에 있으니
어디서 당신을 찾으오리까?

오늘도 분장을 한다

오늘 내가 맡은 역할은?
머리에 검은 물을 들이고 화장을 한다
얼굴에 얼룩덜룩 색칠을 한다
온 몸에다, 점점 필사적으로

할머니를 하라고 했는데
기어이 19살 소녀를 하겠다니
하늘에서 수염 기른 연출자 할아버지
'무대에서 당장 내려와!
굽은 허리, 축축 처진 주름살로, 그림이 되냐'
호통이 대단하다
질투가 심한 연출가 할아버지
허지만 할머니도 만만치가 않다
무어 어때서?
당신과 내가 만든 이 드라마, 코미디 아니었나요?

할머니는 오늘도
머리에 동백기름을 바르고
정성스럽게 분장을 한다

혹시 강남의 제비라도 찾아올지, 누가 알랴

심술보, 질투심 많은 할아버지도
슬그머니
꼬랑지를 내릴 수밖에

마이클 잭슨

참 멋있어
참 멋있어
참 멋있어

나도 그렇게 되고 싶어
나도 그렇게 되고 싶어
나도 그렇게 되고 싶어

머리카락 한 올 만져보면, 죽어도 좋아
발가락만 보아도, 죽어도 좋아
손톱만 스쳐도, 죽어도 좋아

그는 더 희게 피부를 벗겨냈다
그는 더 아름답게 살을 베어냈다
그는 더 멋있게 뼈를 깎았다

그는 노래 부르고 춤추었다
그는 죽도록 노래 부르고 춤추었다
환호하는 군중의 마약에 취해
그리고

죽었다

주검 곁에는 주사, 약, 그리고 어린 소년들이 나뒹굴고
마이클 잭슨이라고 하는 꽃은
멋있고 노래 잘 하는 자신이라는 감옥에서
또 그를 지키고 있는 수억의 간수들 틈에서
그냥 그렇게 져버렸다

바쁘다 바빠

하루 3번씩 먹는 밥, 똥도 싸고 오줌도 싸고
겨울 김장도 해야 하고
바쁘다 바빠

날마다 쌓이는 먼지
청소도 해야 해. 목욕, 화장도 해야 하고
바쁘다 바빠

머리 굴려, 몸뚱이 부려 돈 벌어야 하고
TV, 신문도 보고, 네가 옳니 내가 옳니 해야 하고
바쁘다 바빠

시원찮은 효도도 해야 하고, 경조사, 인사도 챙겨야 하고
친구랑 고객이랑 술도 먹어야 하고
은행이랑 세무서도 가야 해
바쁘다 바빠

치과도, 병원도 가야하고 찜질방, 헬스도 가야만 해,
구경도 가야하고 등산도 가야하고
배워야 할 것은 왜 이리 많아

바쁘다 바빠

자식들 입히고 먹이고, 학원도 보내야 하고
새벽 기도 가고, 절에도 가야하고
바쁘다 바빠

행여 지옥 갈까, 착한 일도 해 두어야 해
치매도, 암도, 장례도 준비해야 해
바쁘다 바빠

죽을 틈도 주어서는 절대 안 되지
모든 준비 완벽해야 해,
그럼 영원히 살거나 완벽하게 죽겠지

자화상

아무리 겸손해보이려 해도
잘난 체하는 눈, 삐죽 올라가 있다
아무리 부지런떨어보려고 해도
긴 허리는 느리고 게으르다
아무리 진지해 보이려고 해도
팔랑 팔랑거리는 몸놀림, 헤프고 헤프다
아무리 입주둥이 닥쳐 보려 해도
아는 척, 쓰레기 말들은 줄줄 샌다
아무리 우아하게 보이려 해도
거무티티한 살, 더덕거리는 주근깨, 얼룩덜룩하다
아무리 풍요로워 보이려 해도
초라하게 마른 몸, 팔뚝과 배만 불룩하다

그래도 이것으로 실컷 재미를 보았다
울고, 웃고, 방정도 떨고
아직 이것은 굼벵이, 곰배팔이춤도 더 추어야 하고
음정 박자도 안 맞는 노래, 더 불러야 한다
어절시고, 옹헤야
어쩔 것이요, 옹헤야

어느새 노친네,
당신 것만 아니라면
진즉 버려졌을 것이다
상상력도 풍부한 하나님
끝내주게 그림을 그리셨지
그림그리기 좋아하는 당신은
여전히 그리시면서…

영원히 그리실 것이다

오늘은 무슨 춤을 출까?

오늘, 하늘은 약간 음침하고 어두운 빛의 춤을 추고 있다
이제 나는 무슨 춤을 출까?
하늘에 동조해서 느리고 무거운 춤을?
아니야, 아니야, 빨갛고 노오란 춤을 추어야지
허지만 비슷한 색이나 보색은 너무 지루해
꿀꿀하니, 으스대면서 잘난 체 하는 춤은 어떨까?
그렇지만 혼자 추는 춤은 심심해
어떤 파트너? 강남에서 온 물찬 제비는 분수에 안 맞는다고?
그렇지만 말잘 듣는 파트너는 지루해
나처럼 잘난 체 하는 놈, 나와 봐라?
끼리끼리 하는 싸움이 최고의 놀이

순간, 당고모자를 일제 순사같이 쓰고
뻐기며 나가는 남편이 눈에 확 당긴다
히야, 환상적이다

옳지, 너 한번 붙어 볼래? 오-느을!

내가 쓰는 창세기

지금 이 순간, 빛과 그늘을 두었습니다
지금 이 순간, 먼 하늘에 구름들을 떠돌게 하였습니다
지금 이 순간, 멀고 가까운 산을 만들었습니다
지금 이 순간, 꿩, 새들을 울게 하였습니다
지금 이 순간, 나무들과 풀들을 바람이 스쳐가게 하였습니다
지금 이 순간, 아이들을 떠들게 하였습니다
지금 이 순간, 조그마한 아파트 상자들도 만들어 놓았습니다

지금 이 순간
이 모든 이야기를 썼습니다

"I AM"의 여정

해보고 싶은 것이 그리도 많아
이리 엄청난 세상을 두셨는지요
태어나 보고 죽어보고
사랑해보고 아파보고
잘난 체 해보고 비굴해 보고
거룩해져 보고
싸움질도 해보고
도둑질도 해보고
속여도 보고 속임도 당해보고
감미로운 비파도 뜯어보고
덩실덩실 춤도 추어보고
그림을 그리고

알렉산더, 디오게네스
해, 별, 달, 공간, 시간
화장실, 매음굴,

그대는 참견하지 않은 것이 없네요
요사이 너덜너덜해진 내 몸으로
무엇을 경험하고 싶으신가요?

이미 하고, 또 하고, 또 했잖아요

뭐라고요?
아직 억겁이 더 남았다고요?
완전한 사랑을 맛보고 싶다고요?
아이구, 제발 이 몸일랑 사양할게요
예수님, 부처님이 이미 다 해보셨잖아요

아, 어지럽다

창경원에 처음 갔다
회전목마를 타는 아이들, 몹시 부러워
나도 덜컥 탔다. 아이구, 어지러워
이걸 어쩌나, 내려올 수가 없네. 정해진 시간 동안

빙빙 도는 낮과 밤
빙빙 도는 봄, 여름, 가을, 겨울
빙빙 도는 지구, 태양, 은하계, 또 또...
빙빙 도는 에너지
빙빙 도는 생노병사

어쩔거나, 내려올 수가 없네
정해진 시간 동안

그저 좋은 일

우주의 물결 따라
희로애락의 춤을 벌렁벌렁 추워도 좋으리
그 현란한 춤을 그냥 구경만 해도 좋으리
그저 푹 쉬고, 잠을 자도 좋으리

성인들은 참 좋겠다

성철 스님
마더 데레사
라마나 마하리쉬
성인들은 참 좋겠다
황금이나 돌덩이나
미녀나 추녀나
만발한 꽃이나 지는 꽃이나
다 똑같다 하니

나는야
코딱지 파서 넘 혓바닥에 붙이고
방귀 뽕뽕 뀌며
넘 호박에 말뚝 박는다
사돈이 논 사면 배 아프고
여자들, 엉덩이와 젖가슴
하루에 1000번씩 생각하지

날마다 천국이라는 성인들 세상
죽어도 나는 몰라
궁금한 것은 다만

내 재미보다 훨 재미있을까?
'나' 없다는 천국
참말로 신나고 재미나는 것일까?
그러면 그 재미는
대체 누가 보는 것이라요?

아부지, 나는 모르옵니다

이랬으면 좋았을까?
저랬으면 좋았을까?
이럴까?
저럴까?

후회와 반성
뒤이은 죄의식으로
수도 없이
미래를 주판질하다
인생 다 보냈다
이제는 우아하게,
모든 것을 놓아 버려야 한다고
야단을 떨고 있다
이 얄팍한 마음 가지고

어째서 진즉 알지 못했을까?
마음으로 마음을 다스릴 수 없음을
어리석음도
그 징한 욕구도
생각도

감정도
선함도
악함도
공포도
기쁨도
모두가 당신 것
가져가시든지
놔두시고 재미를 보시든지

아부지
당신은 텅 빈 요술쟁이
그저 맘대로 하시옵소서

나무이파리의 항변

아빠는 그딴 개망나니 사장에게 왜 밤낮 굽실거리셨나요?
엄마는 밤낮으로 악을 쓰며 뭔 억척을 그리도 떨었나요?
할아버지는 재물 긁어모은다고,
수많은 원성을 들으셨나요?
할머니는 걱정, 걱정, 걱정하며
얼굴이 찌그러져 버렸나요?

아버지와 어머니
할아버지들의 할아버지들
할머니들의 할머니들
그러다 아프고 돌아가셨잖아요
싫어요. 싫단 말이어요
당신들의 그 거칠음, 그 메마름
다 싫어요

나는 부드러운 나무이파리
꽃처럼 예쁘지는 않지만
꽃들의 파트너
바람 따라 흐르며 하늘을 향해 우아한 춤을 추지요

어느 날
폭풍우가 몹시 몰아쳐 정신을 못 차리던 날
나무뿌리가 일러주었다
"여린 이파리야, 걱정하지 마라
우리가 네 안에서 너를 지탱하고 있으니
오직 너를 위해서 싸우고 울고 화를 내고
비굴하고 아프고 죽었단다."

팔자

누가 시켜서 저 산을 오르면
고생이고
내가 자진해서 저 산을 오르면
등산이다

남이 나를 가두면
감방이고
내가 스스로 갇히면
수행이다

내가 택해서 이 고행을 하면
사랑이고
어쩔 수 없이 당하면
팔자이다

결혼

이순이 넘으니
이제야 쪼끔 서로를 만나게 되는군요

이제껏 내가 만난 남자는
내 아버지, 나를 예뻐한 사촌오빠, 그 남자,

그대가 만난 여자는
그대 할머니, 신사임당, 황진이, 그대가 좋아한 누나

이순이 되어보니
나는 변덕쟁이 뺑덕 엄씨, 왔다리 갔다리,
"이런들 어떠리, 저런들 어떠리…"
그대는 눈먼 심봉사, 고집통
"이 몸이 죽고 죽어 백골이 진토되어,,,"

꼭 이대로,
이렇게 아름다운 궁합을 왜 몰랐을까요?
지구별에 살기에는 너무나 멋있는 궁합
그래서 지구별을 떠날 때가 되었나 봐요

너무나 충분하다

배가 고파서
고구마 두 개를 먹었지

날씨가 쌀쌀해서
아들친구가 남대문 시장에서 보내준 잠바, 입었지

바깥바람이 유혹하여
산책을 했지
헐벗은 나뭇가지들 사이에서 햇살이
춤추고 있었지

분홍빛 여학생들
수다를 떨며 지나갔지

나이 든 어르신들이
벤치에서 쉬고 있었지

노쇠한 그녀도
벤치에 길게 누워
짙푸른 하늘을 쳐다보았지

큰 나뭇가지들 사이로
아직 덜 떨어진, 빛바랜 나뭇잎들
대롱거리고 있었지

땅에 뒹구는 낙엽들을 밟으며
사뿐사뿐 밟으며
한 칸 집으로 들어왔지

지렁이의 꿈

얼마나 아프고 견디어서
기는 꿈을 이루었을까?

얼마나 아파야
걷는 꿈을 이룰 것인가?

또 얼마나 아파야
하늘을 나는 꿈을 이룰 것인가?

또 얼마나, 얼마나 아파야
꿈에서 깨어나
괴로우면서 웃을 것인가?

거지왕자

굶어서 죽을까봐, 추워서 죽을까봐
아파서 죽을까봐, 늙을까봐
버림받아 죽을까봐, 업신여김 받을까봐
자식들 못 키울까봐, 지옥에 갈까봐

하나님 제발 부탁합니다.
부처님 제발 부탁합니다.
나랏님 제발 부탁합니다.
재물님 제발 부탁합니다.
권력님 제발 부탁합니다.
제발 부탁합니다. 제발 부탁합니다.

왕자님, 하느님의 아들
눈 좀 떠서 잘 보아
주어도, 퍼주어도 마르지 않은 사랑과 힘
여기 있는데
지금 여기 네 가슴에 있는데

우리가 만나지 못하는 것은

나를 보고 있다고
나를 사랑한다고 하는 것은
모두 너의 이야기

너를 듣고 있다고
너를 사랑한다고 하는 것은
모두가 나의 이야기

이야기들마다 다르니
우리는 언제나 만나질까?

네 이야기 하늘만큼 커지고
내 이야기 땅만큼 커지면
그때는 만나질까?

그러면
하늘과 땅은
'천지차이' 라고
서로 우기겠지

도사견

너는 보는 자마다 짖어대고
보는 자마다 덤비고
보는 자마다 물어뜯어

밤낮으로 돈, 돈하고
이기적이고
교만방자하고
약한 자는 발로 밟지

그렇다한들
너도 하느님의 자식
나도 하느님의 자식
너는 네 역할
나는 내 역할
도사견은 발발이하고 무엇이 다르리?

다만,
너한테 물리지 않게
도망이나 갈 일

아이고, 억울해

너와 내가 한 의식이라는 것
억울하다, 억울해

너보다 착해 보이려고 얼마나 나를 죽였는데
너보다 성공하려고 얼마나 용을 썼는데
너보다 강하려고 얼마나 기를 썼는데
너보다 훌륭해 보이려고 공부한다고, 수행한다고
얼마나 힘들었는데
너하고 내가 똑같다고?
억울하다, 억울해

너는 탐욕적이고 비굴한 죄인
나는 모범생, 단 한 번도 엇나간 적이 없는 걸
한번 다들 봐봐!
너는 천박한 바퀴벌레
나는 고상하고 우아한 학
똑같은 데라고 있나 눈비비고 보아

투덜대지 말그라
시체를 보렴

바퀴벌레와 학의 시체, 누가 더 잘났는지?
모두가 너와 나의 놀이
억울하면 바퀴벌레 해볼래?
그 놀이는 공부보다 천배 힘들어

내가 아님 누가 그런 개고생을!

천당

'죽어야 천당에 간다' 고?
당연한 말
너도 죽어 없어지고
나도 죽어 없어지면
말 그대로 천당이겠지

천당은 있어 뭣하누?
아무도 없는 천당
그래서 나를 조금치만 남겨두자고 하면
어느새
'잭크의 콩나무' 처럼 기어오르면서 커져가는 나

나를 놔둘 수도
없앨 수도 없으니
어차피 천당은 꿈도 꾸지 말 일

그저, 내가 있거나 말거나

집시처럼

떠나보면 안다
그토록 지키려고 애썼던 것,
머릿속에조차 없음을

그렇게나 못 놓았던 그 남자,
알 수 없는 미래
지켜야할 것들, 쥐뿔도 없는데
소금기둥이 된 롯의 아내처럼
뒤를 아니 돌아볼 수 없구나

그러나 떠나보라
땅보다 하늘을 믿는다는 것은
막막한 공포이지만
자취 한 점 없는,
애잔한 가벼움으로
맨 먼저 도달하리라
영원한 고향에는

다이아몬드

흙
돌
물
공기
다이아몬드

다이아몬드는 먹을 수도 없고
마실 수도 없고
숨 쉴 수도 없고
싹을 피울 수도 없고
그저 잘 모셔야 하니 어째 좀 불편하다

그래도 이렇게 아름다운 순수한 욕구

마술쇼

그제는 이집트에서 피투성이
어제는 치매노인들 병동
오늘은 하얀 눈 쌓인 마법의 천지
내일은 횟집에서 수다를 떨 것이다

이렇게 순간마다
가지각색으로 호리시면서
정신을 차리고 있으라구요?

저마다 당신의 쇼에 취해
정신이 없어요
나는 당신의 한갓 노리개인가요?

이렇게 현기증 나게 돌리면서
'네가 나야' 라고요?

그저 흘러

비가 오고 천둥이 치더니
오늘 활짝 개인 하늘
죽는다고, 더 이상 세상 못살겠다고
몸부림 하던 딸
어느새 헤헤거린다

아침에는 철천지원수, 저녁에는 친구
야당이 이겼다고, 여당이 이겼다고
내가 이겼다고, 네가 이겼다고
오고 가고, 나고 죽고
아프고 늙고
그저 발생하는 일

이유를 찾자면
사연에 사연, 무한한 사연
무한한 있음은
아무 것도 없음이니
그냥 흐르는 일밖에

다—아 잘났다

나는 너보다 돈이 많다고
나는 너보다 힘이 세다고
나는 너보다 멋있고 세련되었다고
나는 너보다 공부를 많이 했다고
나는 너보다 고생을 많이 해보았다고
나는 너보다 수행을 했다고
나는 너보다 세상 이치, 하늘의 이치를 다 안다고
나는 너보다 사랑이 많다고

잘났다
다—아 잘났다
잡초는 잡초대로
굼벵이는 굼벵이대로
장미는 장미대로
다 잘났다
충분히 잘났다

그렇지
모두 같은 '나' 라니까
망상하는 '나' 라니까!

눈치인생

악다구니 엄마 눈치
벌벌 떠는 아빠 눈치
잘난 언니 눈치
그악스런 동생 눈치
선생님 눈치
남편 눈치, 자식 눈치
시댁 눈치, 친척 눈치
친구 눈치, 동네 눈치
나라 눈치, 세상 눈치
하나님 눈치
어떡하나, 백골 되어 저승사자 앞에 서면
내 눈치 통할 꺼나?

암지케나

암지케나 김치를 썬다
암지케나 빨래를 넌다
암지케나 이불을 쑤셔 넣는다
암지케나 걸레질이다

암지케나 학교를 다녔다
암지케나 연애를 하고 결혼도 했다
암지케나 아이들도 키웠다
암지케나 교회도 다녔다
암지케나 수행도 해보았다

죽음만 대강대강 넘어가면
대강대강 인생, 참말로 광땡이다

가장 진지한 분
들의 백합도 거두시는 분
당신의 사랑이 암지케나 인생을 만드셨으니
그저 암지케나 하시구려

전생담

보살은 전생에 수도자였소
교만해서 그만 '도'를 놓쳤으니
이번 생은 흙처럼 살 일이오

모를 일이기는 하다
왜 평생 절간이 이리도 친숙한 지는,
그렇다고 그 속에 푹 빠지지도 못했다

또 모를 일은
왜 술 냄새 이리도 맛나서
아버지, 남편, 오빠, 수많은 애인들과 친구들, 가지가지
술꾼들 틈에서
평생 징징거리는 지를
그렇다고 진정 그들과 함께 뒹굴어보지도 못했다

스님,
나는 전생에 절간 옆에서 주막집 작부 하다가
수행하는 스님들, 술 꽤나 멕였는갑소
그 빚, 갚아도 갚아도 아직 멀어서
지금 이리 고생인데

인자는 흙은커녕 몬지 될 지경이요

근디,
수행자 되어 '도' 깨친 것하고 몬지 되는 것하고
뭔 차이라요?
몬지 되어서 날러가 불면
있는 바가 없다는 '도' 가 아니라요?

어허
참으로 '나' 가 없이 푹 빠져 딩굴어버려야 먼지 아닌 '도'
를 얻는 법

그렇다면
어차피 새시로 또 새시로 태어나도
절집 근처에서 먼지로 빙빙 돌다 말 것 같은디요
어째사 쓴다요

이 세상이 꿈이라면

저 높은 성벽 너머가
성스럽고 거룩한 곳이라 하였다
깎아지른 절벽 위에 있는 성벽
돌아서 가면
저 끝 어딘가에서 넘어 갈 수도 있는 듯,
이쪽으로 가보아도, 아이쿠 무서워
저쪽으로 가보아도, 아이쿠 무서워
에라, 포기하자

어머나, 꿈이었구나
떨어져도 되는데
떨어져도 아무렇지 않은데
왜 그렇게 벌벌거리고 있는 거야?
왜 이렇게 조급하게 헤매는 거야?
하늘까지 쑥 올라가도 되잖아
땅으로 툭 떨어져도 되잖아
꿈이잖아
꿈이잖아

두 목소리

더, 더 늙기 전에 연애도 하고 싶다고요
귀찮고 헛된 짓 그만 하렴

돈도 성공도 다 얻을래요
무거워서 죽을 때 어떻게 놓으려고?

외로우니 서로 같이 있어야지
성가셔요, 혼자 있고 싶어요

주여, 당신한테 의지할래요
사랑, 사랑 똥조차 사랑할 거야요
무소의 뿔처럼 혼자 가는 길이야
끊고, 끊고 다-아 버리고

돌아온 탕아, 작은 아들과
착한 큰 아들은 오늘도 시끄럽다

하나님, 이러다 가랑이 찢어지면
당신이 다 책임지시는 거죠?

늙은 창부의 노래

내 사랑은 욕망들의 변기
받아내서 치우고, 받아내서 치우고
머리와 손은 화투짝에나 쓰는 것

늙어가니 복이 터져
거룩한 수녀님들이
이리 정갈하고 아름다운 곳에서
씻어주고
재워주고
먹여주신다

이렇게 그림 같은 집에서
왜 나는 미쳐 폴딱 뛰는 것일까?

내 사랑은 변기 위에,
거룩하신 수녀님
제발 당신의 하늘같은 사랑은 하늘 위에 두시고
변기 위의 내 사랑을 되돌려주시구려

가롯 유다

제자들 중에
나만큼 예수께 공헌한 놈, 이만큼 나와 보시요
베드로, 요한...
에이, 턱도 없는 소리
나 없으면
예수께서 어떻게 우리 죄, 몽땅 가져갔다요?
2,000년 동안, 빛을 찾는 중생들에게
십자가를 어찌 그렇게 우려 묵었다요?
빛이 보이려면
반드시 어둠이 있어야 하는 법
나를 저주하는 것들은
빛조차 막아서는 것이라오
나는 '빛과 생명'을 위해
빛이라고는 없는, 그 캄캄한 어둠 속에서
어이 어이 울부짖으며
지옥을 견디고 있다오
오로지
'빛과 생명'인 예수를 위해

IV. 이것이 기적이 아니면 뭣이당가

기적

무엇이 이 아름다운 꽃들을 피워냈을까?
어느덧 영글어버린 감자들과 쑥 커버린 아기들
금시 푸르러져 버린, 그리고 낙엽이 되어 뒹구는 나뭇이파리
새들의 노래
늘 삐걱거리는 영감과 나
클라라 하스킬의 피아노 소리
시칠리의 화산구에서 피어난 노란 꽃송이들
하반신이 없는 어느 남자

더하여
기아, 전쟁, 지진, 홍수
어디에서나 보이는 파괴와 불화
그 잿더미에서 일어나는 생명들
그리고 나의 몸뚱아리
오, 놀라운 힘
이 순간의 기적이여

겨울나무

척박하고 메마른 동토 위에
이리도 마르고 앙상한 너의 가지 속에
여린 잎이
정말로 숨어 있을까?
봄의 꽃
가을의 열매는
정말 숨어 있을까?

싸움질과 도둑질과 사기질하는
나랑 너
살랑거리는 이파리 돋고
예쁜 꽃 피우고
탐스런 열매
참말로 맺을 수 있을까?

그림 속의 나

구름이 흘러가고
나무가 있고
새가 있고
아파트가 있고
텔레비전 안테나가 있고
컴퓨터가 있고
수다쟁이 그녀가 있다

몸과 마음

몸은 태어나서
아기도 되었다가
소년도 되었다가
청년도 되었다가
장년도 되었다가
늙고 병들어
죽어 가것제

마음도 태어나서
울고
웃고
슬프고
즐겁고 하다가
사라지것제

몸과 마음따라
기억도
지식도
온갖 계획도
왔다가 가것제

그것들이 '나' 랑 뭔 상관이여

바람
구름
봄, 여름, 가을, 겨울
꽃들도 피고 지고
그저 왔다가 갔는디

'나는 있다(I AM)'의 속임수

잘 생각해봐
네가 그토록 소중하게 생각하는 너라는 존재,
'내가 있다' 는 것
눈 감고, 귀 막고, 코 막고, 맛도 보지 말고
손대지도 말아보아
그래도 '내가 있다' 없어지나

그렇게나 예쁜 것 보고 싶고,
그렇게나 좋은 소리 듣고 싶고,
그렇게나 맛있는 것 먹고 싶고,
그렇게나 향긋한 것 좋고,
그렇게나 살가운 것 만지고 싶은
그 마음 없어도 '내가 있다' 가 없어지나

먹고, 걷고, 앉고, 말하고, 싸고, 잠자고 하지 않아도
'내가 있다' 없어지나
'내가 있다' 사라질까봐 날마다 노심초사,
어디에 '내가 있다' 있나, 찾아보아

그것은 너 안에
그것은 내 안에
그것은 나무 안에
그것은 새 안에
그것은 저 바윗돌 안에
그것은 바람 속에
그것은 구름 속에

밥 먹을 때, 똥을 쌀 때
아기 때, 치매에 걸렸을 때
서울에 있을 때, 아프리카에 있을 때
아플 때, 싸울 때

어디에나 있는, 무엇에나 있는
'내가 있다(I AM)'

모두가 각각의 섬

저 심연에서
너와 내가 하나인데
이렇게 멀리 떨어져 있구나
나는 나의 꿈
너는 너의 꿈
너의 꿈속을 내가 들어갈 수 없고
나의 꿈속을 네가 들어올 수 없으니
언제나 심연에 닿아
네가 나임을 알아볼 수 있을까?

너의 꿈은 거칠고 뾰족하고 매혹적이고
나의 꿈은 둥글고 널찍하고 편안해
어쩌다 저 심연 속에서 솟구쳐 올랐을까?

가없는 바다를 만지고 싶었겠지요
드높은 하늘을 알고 싶었겠지요
해와 달과 구름과 별을 보고 싶었겠지요
무엇보다
너랑 나랑 사랑놀이를 하고 싶었겠지요

기도

이 세상에서
당신이 포기하고 싶게
아무 걸림이 없는
미친년이게 하소서

모두가 '미친 년' 하면서
손가락질할 때
오로지 당신의 딸이라서
기뻐하게 하소서

이 세상 돌아갈 때
'다 해버렸다' 하고
크게 웃으며
당신 품에 들게 하소서

천일야화

이야기를 만드는 것은
목숨을 부지하는 일
이 이야기가 끝나면
삶도 없다네

살아가는 일은
거짓 이야기

목숨은 몽땅 거짓말

숲속의 나무

나의 욕망, 너의 욕망
우리의 욕망, 그들의 욕망
그의 욕망, 그녀의 욕망

내 욕망으로 네가 울고, 네 욕망으로 내가 우네

"새가 운다." 는 우리들
고요히 서 있는
너희들은 서서 우는 거니?

나무의 이야기들

나는 내 이야기 하느라
너희들 이야기 들리지 않았다

이제야 네 이야기도 들리니
늦게 철이 드나보다

네가 왜 이렇게 미끈미끈한지
왜 이리 울퉁불퉁한지
왜 이리 까칠까칠한지
왜 이리 굽어 있는지
이제야 조금 알겠다

오로지 태양을 향해
팔을 뻗치는 몸부림
이제야 조금 알 것 같다

앙상한 가지 속의
그 지독한 열망
나눌 수 없는 외로움
해를 가렸던 슬픔과 두려움

도달하고자 하는 고통

이야기들은 땅에 뒹굴고
땅, 물, 바람, 햇빛
희노애락,
수많은 생각들, 생각들
다시 모아서
또 다른 무한한 이야기들 만들고
그것이 싹이 되고 꽃을 피우고 열매를 맺겠지

한량없는 이야기들이
한량없이 계속되고

이파리와 나무 등걸

산들바람이 불자
이파리는 누군가가 나를 어루만진다고 했다

이파리를 달고 있는 나무 등걸은
그런 손길이 어디 있냐고 했다

이파리는 "내 춤이 보이지 않나요?" 하고 물었다
나무 등걸은 "너는 다만 연약해서 불안한 거야." 라고 했다

태풍이 거세게 불자
나무 등걸은 쓰러지며
분노의 고함을 질렀다
이파리는 하늘을 날아오른다고
기쁨의 춤을 추었다

한바탕 폭풍이 지나간 후
이파리들도
나무 등걸도
그냥 그대로
땅에 뒹굴었다

신이 꾸는 꿈

당신은 개미가 되었다
당신은 별이 되었다
당신은 마약 중독자가 되었다
당신은 창녀가 되었다
당신은 내가 되었다

저 자스민은 무슨 꿈을 꾸길래
이런 향기를 보내는가요?
당신은 무엇을 그리도 바라시나요?
당신은 무슨 숨바꼭질을 그리 하시나요?

모두가 당신이 꾸는 꿈
태양을 향해 꾸는 꿈
싸우는 꿈,
우는 꿈,
헤헤거리는 꿈

연분

내 입은 미제
당신 입은 조선제
나는 수구꼴통
당신은 종북좌빨

나는 하늘만 쳐다보고
당신은 땅만 들어다 보고
나는 추워서 못살겠고
당신은 더워서 못산다하고
나는 나만 생각하고
당신은 남만 생각하고
나는 혼자 있고 싶고
당신은 조선 팔도사람 다함께 살고 싶고
나는 새벽에 침대에서 잠자고
당신은 초저녁에 바닥에서 잠자고

단 한 번도 함께 뒹굴기 힘든 그대와 나
저 세상가면 날 보고
행여나 아는 척하지 말아요
'저 여자, 절대 모른다.' 하라고요!

못되고 이기적인 나, 이토록 당신과 살았으니
나는 물론 천당행
평생 봉사만 한 당신은
지옥 속에 있으리다

맞소, 맞소. 당신 말이 맞소
허나 이리 오래 살았으니
지옥에서 헤헤 웃는 나, 천당에서 징징거리는 당신과
찢어질 수 없는 궁합
자비하신 하느님이
그냥 두시겠소?

내가 그린 그림

우주 캔버스에
나는 아주 어마어마하게, 광대한 그림을 그렸지요
하늘, 땅, 바다
해, 달, 별
나무와 꽃, 코끼리와 개미
남자와 여자

지진, 태풍
모기와 바퀴벌레, 버러지와 뱀
탐욕, 어리석음, 성냄
희,노,애,락
생,노,병,사
매춘부, 사기꾼, 도둑도 그렸답니다
그리고 아주 쪼그마한 나까지

나는 그림들이 너무 황홀해서
그림들 속에서 그만
길을 잃고 말았어요
내가 그린 그림이라는 것도
까마득이 잊고 말았지요

헤매다 보니

병도 있고, 죽음도 있고, 귀신도 있고, 뱀도 있어요

어떡하나!

겁이 나고 무서워요

제발, 제발 살려주세요. 이 아기를

돌멩이

이슬방울에는 햇님이 드러나지만
돌멩이에는 햇님이 드러나지 않아

성인들은 말하지
집착과 이기심을 버리고
마음을 고요히 하거라
언젠가 억겁의 때가 지나면
해가 드러나는 법

억겁을 기다리라고?
이슬방울에 드러난 해
어차피 진짜 해는 아닌 걸
돌멩이나 물방울이나 그게 그거

사랑타령

밥이 된 사랑
물이 된 사랑
꽃이 된 사랑
공기가 된 사랑
원수가 된 사랑
창부가 된 사랑
유다가 된 사랑
예수가 된 사랑

요순시절, 아무도 임금님 몰라
내가 바라는 것은
아무도 나를 필요로 하지 않는 사랑
오직 사랑만 남아 있는 사랑
사랑 외에 아무 것도 없는 사랑

이것도 참 오만한 바람
그냥, 서로 어께 기대고
등짝 긁어주고
사라지는 사랑이면
그만이제

모두가 부처

모두가 부처라면서
깨어나라고
깨어나야만 한다고
왠 성화시냐구요?

멀뚱멀뚱 깨어서
'이것은 똥 싸는 짓이다
이것은 밥이라는 것, 먹는 짓이다
이것은 노는 짓이다' 하고
챙겨야만 하남요?
푹 잠이 든 부처는
아무것도 모르니 좋고
꿈꾸면서 이빨 뜩뜩 갈고 잠꼬대 악몽을 꾸면
얼른 깨버려서 좋고
근사한 꿈을 꾸면, 헤헤거려서 좋고

잠이 든 부처
꿈꾸는 부처
깨어 있는 부처
모두가 부처이니

그저 생긴 그대로

잠잤다

꿈꾸었다

때가 되면 일어날 것을

해가 뜨면

어떻게 마냥 잠자리에서 뒹굴뒹굴 할 것이오?

아버지는 왜 이렇게 날 귀찮게 하시나요!

V. 어디에나 계시는 당신

숲 속에서

어디만큼 가고 싶은 것일까?
이 떡갈나무는
어디만큼 만나고 싶은 것일까?
이 소나무는

휘어지면서, 견고하게
매끄럽게, 거칠게
아슬아슬하게 허리를 꼬면서
뻣뻣하게 고개를 들고
ㄱ, ㄴ, ㄷ, ㄹ, ㅁ, ㅂ…
아, 에, 이, 오, 우 하면서

무한을 향하여
무한을 드러내며
춤을 덩실거리며, 흐르고 흘러서
이만큼 가면 어떠리
이만큼 만나면 어떠리

I AM

나는 하늘이다, 나는 땅이다
나는 구름이다, 나는 바람이다

나는 소나무이다, 나는 버섯이다
나는 장미이다, 나는 풀이다
나는 돌고래이다, 나는 산호초이다
나는 지렁이다, 나는 독수리다
나는 박쥐이다, 나는 사자이다
나는 모기이다, 나는 맘모스이다

나는 마릴린 먼로이다, 나는 마더 데레사이다
나는 히틀러이다, 나는 간디이다
나는 유다이다, 나는 예수이다

나는 너이다
나는 나이다

번데기의 잠

오직 잠만 잔다
자도 자도 쏟아지는 잠
아무리
"깨어나라, 깨어나라" 고 두들겨 깨워도
어림도 없다
때가 되지 않은 한

이리도 두터운 눈꺼풀을
어찌 깨부순단 말인가
이 상영관에서 영화가 계속 돌아가는 걸

어디에나 계시는 (1)

새벽에 떠오르는 해
초록빛 바다
새들의 울음소리
달빛
꽃
별
눈
아기의 웃음에서 당신을 봅니다

그리고
술주정뱅이의 게슴츠레한 눈동자
'씨팔년, 개쌍년' 하며 두들겨 패는 저 깡패
고약하고 악취 나는 똥간
고문, 착취
사형선고
암, 에이즈, 통풍, 관절염
매음굴
히틀러, 스탈린
비겁쟁이, 위선자, 건달들에게서
당신을 보라고요?

맙소사!

그분이 말씀하셨다
'속으로, 그 속으로 들어가 보아라.
저 아름다운 보름달도
네 똥과 다를 바 없고
마더 데레사의 창자나
마릴린 먼로의 창자도 다를 바 없나니
네 눈이 맑으면 모든 것에서 나를 볼 것이요
네 눈이 더러우면 어디에서나 더러움만 볼 것이다.'

어디에나 계시는 (2)

나보고 어쩌라는 것입니까?
대체 당신은 어디에 계시나요?
나는 가진 것이라고는
이 눈과 이 귀와 이 코와 이 입과 이 몸
그리고 마음밖에 없습니다
허지만 아무리 눈을 씻고 찾아도
당신은 보이지 않고
아무리 귀를 쫑긋거려 보아도
당신은 들리지 않고
아무리 코를 훔칠 거려도
냄새 맡을 수 없으니
대체 나보고 어쩌라는 것입니까?
마음이란 마음을 모두 뒤져보아도
시시껄렁한 지난 일
두려움, 걱정, 얻어들은 지식 나부랭이뿐
대체 당신은 어디에 계시나요?
그래도 여전히 당신을 찾아 헤매는 이 마음
어쩌면 좋나요?

당신과 나 사이

당신도 원하셨지요? 성실하고 성공한 아들을
나도 원했지요. 성실하고 성공한 나를

당신도 원하셨지요? 착하고 훌륭한 아들을
나도 원했지요. 착하고 훌륭한 나를

당신도 원하지 않았지요? 이렇게 못난 아들을
나도 원하지 않았지요. 이렇게 못난 나를

당신도 원하지 않았지요. 이렇게 못된 아들을
나도 원하지 않았지요. 이렇게 못된 나를

당신이 원하는 것과
내가 원하는 것이 이렇게 같은데
어디에서 당신과 나 사이, 하늘보다 땅보다 더 벌어졌나요?

다만
당신은 다 알고
나는 아무 것도 모르는데
왜 모두가 나한테만 손가락질을 하는가요?

애벌레의 실수

오 편안한 이 집, 초록이파리
친구들과 노닥거리면 금방 하루가 가
남의 흉보기가 제일 재미있지
'쟤는 못생겼어. 돈도 없고 자식농사도 별로지'
집들을 이리저리 옮겨 다니며
오늘도 내일도,
오늘도 내일도 모래도
오직 땅만 쳐다보면 되는 거야
하늘을 쳐다보면 현기증이 나니까
그저 조심조심,
큰 실수만 안하고 남들 입에만 안 오르면 만사 땡

어쩌다 하늘을 쳐다본 것일까?
어쩌다 나비천사를 보게 된 것일까?
어쩌다 '당신이 누구요?' 물었을까?
어찌하여 그 천사는 "네가 바로 나야" 라고 한 것일까?
어찌하여 그 말이 이리도 잊히지 않는 것일까?

이제, 세끼 밥도 싫어
친구들도 지겨워

이 집도 지루해
그 나비 천사는 자유로웠지
그 천사는 평화로웠지
그 천사는 아름다웠지
하루 종일 맴도는 이 말, "네가 나야"

'네가 나다' 는
깊은 심연에서 스스로 울리는 듯 했다
그 말은 나를 에워싸고 고치를 틀었다
캄캄한 어둠만 남았다

어느 날 돌연히 몸이 붕 뜨기 시작했다
하늘도, 땅도, 구름도, 꽃들
이파리들 위에 있는 친구들도 보인다
자유롭고 가벼운 나도 보였다

'네가 나다' 도 사라졌다

소꿉장난

넌 아빠가 되라
난 엄마가 될 거야
아가들도 만들어 놓고
이것은 밥그릇, 이것은 장롱, 이것은 나들이 옷

뻐기는 도사, 의사, 판검사 놀이할까?
아니 요새는 연예인, 운동선수가 더 재미있어
농부, 비행사, 장의사, 스님, 정치인 다 해보자
거렁뱅이와 밀수꾼, 사기꾼과 강도도 해보자, 해보자
다 해보자

'야들아, 해 저물었다. 그만 놀고 집으로 들어오너라'
엄마가 부르는 소리
싫어요, 싫단 말이야요
아직 해볼 것이 너무나 많아요. 너무나 많아요

아리랑

아리랑 아리랑 아라리오
아리랑 고개를 넘어간다
나를 버리고 가시는 님은
십리도 못가서 발병난다

인생 고개 굽이굽이 돌아갈 때
마음이라는 님이
영혼인 '참나' 를 버리면
발병이 나서
몸이 고생할 밖에

파랑새

찾고 구하는, 이 마음만 없으면
행복이다

찾고 구하는 것이
인간의 속성이거늘
파랑새는 어디에?

심봉사

심청이 인당수에 빠져 죽어도
심봉사, 뺑덕 어미와 얼씨구나 절씨구나
뺑덕 어미 내빼고
심청이 사랑
연꽃에서 부활하니
겨우 눈을 뜨는 심봉사

예수님 죽어서 부활하신 것은
봉사들 눈뜨게 하는 일

당신인 나 (1)

당신인 내가
확 짜증이 나더구만요
당신인 영감이
'자넨 쓸데없는 말만 많은 허깨비' 야 라고 하니
아픈 데가 긁혀
살짝 살짝 시리구만요
사실이 그러하니 인정 안할 수도 없는 터

침묵을 하자
침묵을 하자 했는데
미친 년 속 차리면
칫간에서 행주질하고
요강단지 설강(부엌 찬장)에 얹는다고
촉새가 멧돼지 될 수 없는 일

에라, 모르겠다
촉새는 촉새대로 재재거리고
멧돼지는 멧돼지대로 꿀꿀대며 사는 거지
마누라한테 잔소리 말고는
누구에게도 할 말 못하는 꿀벙어리 영감

입 놓아두었다,
술만 먹고 밥만 먹고
홍, 말 많은 내 용도가 훨 났다

당신인 나나
당신인 영감이나
모두 당신이라고 했지요, 아마도?

어쩌자고 당신은
요상한 형상을 입고 나오셔서
이런 괴상한 놀이를 하시남요?

어느 수행자 (1)

수십 년간 일체를 포기하고
오로지 깨달음을 얻고자 수행을 했다
그는 나무와 꽃, 동물들과 인간
신들까지 마음대로 할 수 있게 되었다
모두들 거룩한 수행자를 흠숭하고 존경하였다

어느 날 '마지막 나' 가 사라졌다
끔찍한 공포와 처절한 고독
무한한 나락 속에서
사랑 한 줌이 그를 구원하였다
오직 그만이 알 것이다
그 사랑이 어떤 것임을

사람들은 이제 그를 '추접스러운 놈' 이라고 한다
아무한테나 돈 달라고도 하고
고기와 술, 여자도 먹고
욕설은 그의 안주

사랑이 그를 그렇게 만들었다
사랑으로 그는 '버러지' 가 되었다

어느 수행자 (2)

중병이 든 가난한 과부가 여기 저기 병을 고치러 다녔다
어떤 무당은 말했다
"내가 부적을 써 줄 것이오."
한 목사님은 말했다
"당신을 낫게 해주겠소. 예수님께 믿음만 갖는다면."
수행이 깊은 스님은 말했다
"업장을 닦게 삼천 배를 하시오."
도력이 출중한 도사가 몸을 흔들며 말했다
"못된 망념의 귀신을 다 빼 주겠다."

마지막
수 십 년을 오로지 침묵하고,
동네 쓰레기를 치우는 수행자에게 구했다
"당신 근처에서 산지 수십 년, 당신은 어떤 기적이라도 행할
수 있다는 것을 나는 알고 있습니다. 나를 구해주십시오."
그는 여전히 침묵하였다
마침내 말을 하였다
"내가 해줄 것이라고는 아무 것도 없소. 단지 너무 힘이 들면
내게 와서 우시오. 나는 같이 울어줄 수 있을 뿐이오."

시아버지의 사랑

하필, 성녀를 마음 바쳐 사랑했다
그녀는 주님을 따라 떠나 버렸다

오로지 탐욕뿐인 처를 얻었다
아들만 일곱을 낳고
실컷 성욕과 물욕을 채웠다

마음 따로
몸 따로라,
다소 불편했을 뿐
포기의 사랑
집착의 사랑
모든 것을 이루고 모든 것을 채웠다

불쌍한 에고의 항변

나를 구박하면 죄받는다고요
내가 어떻게 목숨을 이어왔는지
내가 얼마나 힘들었는지
그 누가 내 속을 알겠어요?

아득한 태고
버러지였을 때부터
수 억 겁을 다시 태어나고, 다시 태어나고
어떻게든지 꺼이꺼이 살아남으려고
온갖 추잡한 짓을 다했다고요
얼마나 무서웠는지
얼마나 비참했는지
또 얼마나 나약한지
그래서 이렇게 허풍쟁이 괴물이 된 것이라고요

'신이 있다.' 고요?
'신이 나를 돌보아 준다.' 고요?
웃기지 말아요
진짜로, 진짜로 신이 있다면, 그 모습 단 한번만이라도
보여 주라고요

증명을 해보이라고요
내가 배고파서 슬피 울 때
버림받았을 때
폭행을 당할 때
아프고 늙고 죽어갈 때
신은 어디서 무엇을 했는지 코빼기도 본 적이 없다고요

어떤 잘난 이들은 이렇게 말하지요
'내가 없다.' 고요
'이 세상은 전부가 꿈, 환영(幻影).' 이라고요
웃기지 말아요
암, 전염병, 전쟁, 강도와 사기꾼들은 어디서 오나요?
이 탐욕과 번뇌와 두려움은 누구의 것인가요?
그것은 '내가 있다.' 고 생각하는 어리석음의 소치이라고요?
아이고, 지들이 죽어갈 때
'아, 나는 없도다.' 하는지 꼭 두고 볼 것이구만요

이 고통들은 전부 내 소관
절대로 방심을 하면 안 되지요

항상, 철저히 준비를 해두지 않으면 안 된다고요
조금치라도 나를 보호해주는 것은
내 돈
내 건강
내 지식
내 가족
내 나라
꼭 사나운 척, 잘난 척도 해야만 해요
약하고 못나 보이면 얼마나 나를 무시한다고요
나를 비난하고
마치 죄인인양 몰아세우는 이들은
틀림없이 그 죄를 되돌려 받구만요
나의 최대 무기는
반드시 당한 만큼 되돌려준다는 것,

혹, 나를 많이 사랑해주면
내가 사랑에는 원체 약한 지-이라,
꼬리를 꽉 내리는데
아무도 그걸 모르구만요

내가 여기 온 것은

나는 꽃이 되었지요
오직 사랑을 받을 뿐
그냥 존재로써 기쁨이 되어 보려고

나는 썩은 오물의 버러지가 되었어요
다 썩어버린 곳에서
모든 것이 새로 태어나니까요

나는 겨울의 한파가 되었지요
지독한 매서움에서
봄이 찾아오니까요

나는 무시무시한 살인자가 되었지요
극단적인 분노와 이기심
그 결과를 보여주기 위하여

나는 죽음이 되었지요
이 세상이
한낮 꿈임을 알려주기 위하여

이젠 자유다!

이젠 자유다!
몸과 마음은 당신이 만든 옷
영은 당신

너도 당신, 나도 당신
추위도 당신, 더위도 당신
부처도 당신, 중생도 당신
생각도 당신, 감정도 당신

아무리 눈 씻고 찾아도 내 것이란 없으니
온전히 자유다
지긋지긋한 '나' 로부터

머릿속에서

무한한 듯 보이는 우주 속의 한 점 티끌인 내가
무한한 마음을 편다

그 세계, 절대 알 수가 없어
머릿속으로 헤매다가 채이고 또 채인다

물질은 사실인가?
마음은 상상인가?

마음의 끝은 어디?
물질의 끝은 어디?

육신 속에 마음이?
마음속에 육신이?

물질과 마음이라고?
흥, 머릿속 장난 좀 그만 해라!
어어라, 그 소리는 또 어디서 날꼬?
머릿속에서?

당신인 나 (2)

하늘인 당신이 어쩌자고
꽉 막힌 몸뚱이로 들어와서
귓구멍
눈구멍
콧구멍
입구멍
아랫구멍만 뚫어놓고

구멍 속에서
벌벌 떨면서
짜잔하고
쪼잔하고
빙신 짓만 하남요?

당신인 나 (3)

전쟁의 포화 속에서
악다구니 부모 밑에서
약하고 빌빌거리던 얼병신
정신병자 남편과 포악한 시부모에게 두들겨 맞고
일찌감치 혼자되어 아이들과 남겨진 당신
당신이 아니라면
어찌 이 지독한 꿈을 꾸겠는가!

VI. 주여, 날이 저물어 갑니다

늙으니 참 좋다

앞날을 준비한다고
영 하기 싫은 공부도, 시험도 안 보고
섹스로, 성형수술로 남자에게 꼬리칠 일 없고
새끼들, 부모님들 부양으로 일안해도 되고
못하는 애미 노릇, 못하는 효도 시늉, 안 해도 되니
참 좋다

넘들이 이제 별 볼 일 없어하니 눈치 볼 일 없고
똥고집 영감도 힘 빠져 잔소리만 하다마니
그도 좋다

손꼽장난 인생살이 별 것도 아닌 줄 알았고
마음을 닦는다고 수선 떨어보았자
닦아도 도로 쌓이는 먼지
청소한들 뭐 하리오

이제 곧, 잠자러 갈 시간
딩굴딩굴 좋아하는 나
참 좋은 일이다

늙으니 별로다

오직 돈만 주는 부모노릇만 하고 있으라고 한다
나도 그랬다

입 다물고 투명인간이 되라고 한다
나도 그랬다

인간은 외로운 법
혼자서 걸으라고 한다
나도 그랬다

다들 지들은 절대로 안 늙겠다고 한다
나도 그랬다

다 괜찮아!

오로지 걱정만 했다
자식들 어쩌나. 늙으면 어쩌나
아프면 어쩌나, 가난해지면 어쩌나
헤어지면 어쩌나, 죽으면 어쩌나

언제나 조마조마,
계산만 튕겼다
500원짜리 콩나물, 400원에 사면
모든 준비 완료일까?

염려했던 일, 다 해보았다
자식 농사도, 가출도, 암수술도, 파면도, 파산도, 감옥행도,
마약도, 늙는 것도
죽을 것 같은 사랑도,
그 사랑을 보내는 일도...
그럭저럭 다 해볼 만하다
지나가지 않은 것이 없으니
그런 일 없었으면 한 생애 지루했을 것이다

이제 , 가장 편안한 죽음만 남았구나

흉터

얼굴과 목에 있는 나의 흉터
거울 쳐다 볼 일 별로 없고
또 나의 익숙한 부분
다 괜찮다

늘 입는 바지저고리,
몸뚱이 푹푹 들어가고
잠옷도 되고 나들이옷도 되니
만고강산이다

안 씻는 나의 몸
물도 아깝고
몸때가 배수로 불어나나 뭐
언제나 내일 씻으면 된다

또 쌓이고 또 쌓이는 먼지,
어질러진 내 방
치우면 언제나 도로 그대로

나는 다 괜찮은데
남들은 걱정스러워
언짢아하고
성가셔 하고
나를 불쌍하다 한다

나를 가엽다 하는 그들 마음
내가 어쩔 것인가?
내 마음이 아닌데
불편하고 언짢은 그들 마음
그들 것인데

이놈의 사랑

나만 사랑하라고
너만 사랑한다고
울타리 꽉꽉 치고
시커멓게 금 그어 놓아도
바람보다 가벼운 사랑
어느새 날라 가버리네

어떻게 해야
이놈의 사랑
딱 가두어 놓을까?

날라 가 버린 그놈, 잡는다고
꺼이꺼이 하다가
문득 눈비비고 둘러보니
천지에 보이는 것은 사랑뿐

이 사랑, 저 사랑, 그 사랑
그렇게, 저렇게, 이렇게
존재는 사랑
오직 사랑이신 당신

지금 이 순간

집안이 왜 이리 어질러졌냐고?
짜증이 몹시 나는 이 순간, 완전한 순간
어질러진 방과 짜증이 있을 뿐

주정하는 영감에게 잔소리하는 이 순간, 완전한 순간
주정과 잔소리가 있을 뿐

폭염에다 축축한 지금, 완전한 순간
무더위와 지랄 같은 기분이 있을 뿐

어떤 놈이 내 차를 짜악 긁어 놓았군, 완전한 순간
'죽일 놈'
욕설이 바람을 타고 갔을 뿐

가고 오고
나타나고 사라지고
오르막 내리막
완전한 이 순간

창조놀이

욕심꾸러기, 옹고집
심술보, 허영덩어리
꼰대, 어릿광대, 답답이

당신은 이렇게 만들듯
꼭 이렇게 나도 만들고 싶어요
착 달라붙은 바지,
노오란 펑크머리
입술은 뻘겋게
긴 손톱은 까맣게
이쯤으로 땡!

누구를 꼬시어
같이 만들어 볼꼬?

댄싱 우주의 농담

오월 숲속에서
흐르는 아카시아 향기에 취해
걷다가, 걷다가
턱 누웠지

하얀 꽃잎과 나뭇잎들의 춤을
그대는 보았는가?
한 번도 바라 보아준 적 없는, 거꾸로 있는 천국의 춤들
나뭇잎들 사이사이 바람과 구름이 흐르고
아름다운 오월, 빛은 눈부시다

고즈녁한 오후
빛의 춤과 노래 사이로
향연은 무르익고

"어디 아프신가요?
어르신, 도와드릴까요?"
부시시 꼬며 일어나는
곰배팔이 나의 춤

사랑의 노래

밥 먹고 똥 싸고
수다 떨고 아프고
재미없어요. 쉬고 싶어요

아직 사랑의 노래 부르지 않았군요
똥에서 향기 나고
고통에서 기쁨 나고
죽음에서 생명이 나는 사랑

사랑, 사랑, 가슴이 타버린 사랑 하면
똥 싸고 아픈 이유 알지요
그제야 사랑이 보이니까요

태풍

이렇게 바람이 무섭게 불어오거든
춤을 추어라
나무야, 춤을 추어라
자그마한 잡초들처럼 춤을 추어라

행여 높은 키, 튼튼한 몸통 자랑치 말고
그저 좌우로, 위 아래로 춤을 추어라

납작 엎드려라
오직 기도하여라

그러다 문득
태풍 한가운데의 침묵을 만나리니
그곳은 춤조차 없는 곳
춤과 내가 하나인 곳
햇볕이 쨍쨍한 날
이파리 나풀나풀, 주렁주렁 열매들이 잉태된 곳

지금은 엎드려라
그저 엎드려라

의식의 놀이

봄이 알고 싶은 의식은
겨울이 되었지요

기쁨을 느끼고 싶은 의식은
슬픔이 되었지요

영원함을 알고 싶은 의식은
태어남이 되었지요

평안(ease)을 알고 싶은 의식은
질병(disease)이 되었지요

풍요를 알고 싶은 의식은
가난이 되었지요

되어감을 알고 싶은 의식은
아기, 뻐기는 청춘, 초라한 늙은이가 되었지요

너랑 놀고 싶은 의식은
내가 되었지요

진실을 아는 의식은
환영이 되었지요

놀다가 심심해진 의식은
텅 빈 본래 자리로 돌아왔지요

버러지

너희들이 날보고 징그럽다하고
너희들이 날보고 추하고 더럽다고 하네

너희가 '버러지' 라고 이름 지어
나를 피하네

그것은 너희들 세상
너희들 세상이 징그럽고 더럽고 추하지
내 세상은 먹고 배설하고 기어 다니고
아름답고 순수해

나는 오직 나일 뿐

세 살 버릇

마냥 울기만 했다,
나오지 않은 젖을 달라고

죽어라고 잠만 잤다,
세상이 무서워서 보지 않으려고

눈치만 실실 보았다,
버려질까봐

오로지 땅만 바라보았다,
눈에 뜨일까봐

줄곧 도망만 다녔다,
그래도 살고 싶어서

울보, 겁쟁이, 눈치꾸러기도 이젠 끝이다
참 다행이다
여든 살이 되었으니까

그건 나, 바로 나

수많은 바퀴벌레의 떼가 머릿속으로 들어왔네
손가락으로 머리카락을 헤치면서 괴성을 질렀네

시험 시간, 지각하여 발을 동동 굴렸네
시험에서도, 높이 솟은 낭떠러지에서도
그만 떨어지고 말았네

사랑하는 이가 부드럽게 안고 애무를 했네
오르가즘 속에서 만사를 잃었네

푸른 하늘 높이, 구름과 놀았네
달과 별들 사이로 항해를 했네

스승의 발을 안고 삼매에 들었네
무한한 사랑으로 이불을 덮었네

깨어보니 꿈이었네
이 모두가 '영원한 내'가 꾸는 꿈인 것을

주여, 날이 저물어 갑니다

주여,
온갖 색채와 모양놀이가 참 재미났습니다
온갖 냄새와 맛도 즐거웠습니다
온갖 소리들에 도취되었습니다
온갖 생각들과 감정들과도 잘 놀았습니다

이제 점점 눈이 흐릿해집니다
이제 점점 혀도 둔해져 갑니다
이제 점점 귀도 먹먹해져 갑니다
이제 점점 기억들도 아스라이 멀어지고
드문드문 희로애락이 왔다갔다 합니다

차차 어둠 속으로, 어둠 속으로 들어갑니다
아직은 칠흑 같은 어둠일 뿐
당신의 빛은 어디쯤 있나이까?
대낮 빛에 익숙한 터라
더듬더듬 어둠을 만나가는 지금
캄캄한 밤, 산속 길이 뽀얗듯
당신의 길을 보여주소서

하늘까지 간 수다쟁이

부모형제, 자식, 남편, 여친, 남친들과 수다를 떨고 떨다가
지치고 재미없어 드디어,
텅 빈 하늘까지 갔다
아이고머니나!
도통 아무 것도 몰라. 어찌할 바를 모르겠네
아무 것도 없네

무서워져서 얼른 땅으로 돌아왔다
수다는 더욱 커져
하늘까지 진동을 하네

전에는 땅만 시끄럽게 하더니
이제는 하늘까지 시끄럽게 하네

자유함의 길 위에서

　　김선화가 평생에 걸쳐 '끄적거렸다'는 시집『당신인 나』
를 관통하는 키워드가 있다면 무엇일까? 그것은 필경 '자유'
일 것이고, '깨달음'일 것이다. 어떻게 해야 삶이라는 치명적
인 본능의 덫에서 벗어나 더 자유로운 삶을 구가할 수 있을
것인가? 그의 시는 그런 물음들 자체이자, 거기에 대한 해답
의 추구라고 할 수 있다.

　　자유의 길, 깨달음의 길의 출발지는, '질문'이다. 나란
존재는 도대체 어디에서 와서 어디로 가는가? 이 질문이 없
으면 여정은 시작조차 되지 않는다. 그리고 질문은, 인간만
의 특권이다. 질문이 없는 동물들은 삶의 양상에 아무런 변
화도 꾀하지 못한다. 양들은 2천 년 전에도 풀을 뜯고 있었
고, 5만 년 전에도 풀을 뜯고 있었다. 그 녀석들은 질문을 하
지 않기 때문이다. 질문을 할 줄 아는 인간만이 변화를 가져
오고, 스스로 진화한다.

　　제2의 바이블이라고 극찬을 받을 만큼 초베스트셀러였
던『갈매기의 꿈』에서 갈매기 조나단은 '먹이만이 전부'라고
여기는 갈매기들 사이에서 최초로 질문하는 갈매기가 된다.

"고깃배에서 빵조각 따위나 얻으려고 설쳐대는 일이
란 얼마나 비참한 일인가! 우리 갈매기들은 빵조각에
울고 웃는 그런 새가 아니라구!"

"형제들이여, 우리가 왜 사는지, 무엇을 위해 사는지
해답을 찾는 일이 과연 무모한 행동인가요? 수천 년 동
안 우리 갈매기들은 물고기 대가리나 찾아 헤맸을 뿐
입니다."

먹이를 찾아 분주하기만 한 갈매기들 사이에서 왜 이렇
게 살아야만 하는지, 하늘을 향해 질문을 던지는 갈매기 조
나단처럼, 이 시집을 '끄적거렸다'는 주인공 또한 삶을 통해
서 숱한 질문들을 제기한다.

척박하고 메마른 동토 위에
이리도 마르고 앙상한 너의 가지 속에
여린 잎이
정말로 숨어 있을까?
봄의 꽃
가을의 열매는
정말 숨어 있을까?

「겨울나무」 중에서

무엇이 이 아름다운 꽃들을 피워냈을까?
어느덧 영글어버린 감자들과 쑥 커버린 아기들
금시 푸르러져 버린, 그리고 낙엽이 되어 뒹구는 나뭇

이파리

새들의 노래

늘 삐걱거리는 영감과 나

클라라 하스킬의 피아노 소리

시칠리의 화산구에서 피어난 노란 꽃송이들

하반신이 없는 어느 남자

「기적」 중에서

경이로운 자연 앞에서도 질문을 던지지만, 자연에 비하면 더할 나위 없이 복잡다단한 삶의 풍경 앞에서도, 질문은 그치지 않는다. 물론 질문의 가장 중심에는 "나는 누구인가?"에 대한 근원을 향한 물음이 자리한다.

수많은 소리를 듣고 있는

나는 누구인가요?

수많은 것을 보고 있는

나는 누구인가요?

수많은 음식을 오물거리고

온갖 말을 쏟아내는

나는 누구인가요?

숱한 기억, 앞날에 대한 걱정을 갖고 있는

나는 누구인가요?

거울 아니면

결코 본 적이 없는 눈, 코, 입 달린 내 얼굴

그리고 이 몸통

이것은 또 누구인가요?

「나는 누구?」 중에서

확실히, 아무나 깨닫는 것은 아니다. 하늘의 영감(대답)은 질문하는 자에게 주어지는 선물일 뿐, 질문하지 않는 자에게는 거저 주어지지 않는다. 그리고 질문하는 자는, 자기 안에 웅숭거리고 있는 생명의 본능에 대한 두려움을 가장 먼저 의식하기 시작한다. "굶어서 죽을까봐 / 추워서 죽을까봐 / 아파서 죽을까봐 / 늙을까봐 / 버림받아 죽을까봐 / 업신여김 받을까봐 / 자식들 못 키울까봐 / 지옥에 갈까봐"(「거지왕자」 중에서) 두려워하는 나를 바라보기 시작하는 것이다.

그러나 질문하는 나는, 두려움에 매몰되어 살아가는 것이 아니다. 자기 안에 도사린 두려움을 바라보기 시작하는 순간부터, 그렇게 자기 자신에게 정직해지기 시작하는 순간부터, 나는 '두려움에 빠진 나'가 아니라 '두려움에 빠져서 살아가는 나를 바라보는' '또 하나의 나'가 된다.

또 하나의 내가 되어 바라보면, 나는 온갖 역할을 하면서 그 역할을 자기 자신의 전부라고 여기는 배우와도 같다는 것을 알아차리게 된다.

오늘 내가 맡은 역할은?

머리에 검은 물을 들이고 화장을 한다
얼굴에 얼룩덜룩 색칠을 한다
온 몸에다, 점점 필사적으로

할머니를 하라고 했는데
기어이 19살 소녀를 하겠다니
하늘에서 수염 기른 연출자 할아버지
'무대에서 당장 내려와!
굽은 허리, 축축 쳐진 주름살로, 그림이 되냐'
호통이 대단하다.
질투가 심한 연출가 할아버지
허지만 할머니도 만만치가 않다
무어 어때서?
당신과 내가 만든 이 드라마, 코미디 아니었나요?

「오늘도 분장을 한다」 중에서

역할극을 하고 있다는 것을 알아차리는 순간, 인생은
연극이 된다. 드라마 속에서가 아니라면, 왜 역할이 필요하
겠는가? 어떤 이는 자신을 부자로 동일시하여 자만하고, 어
떤 이는 자신을 가난한 자로 동일시하여 비굴해지고, 어떤
이는 자신을 더 배운 사람으로 동일시하여 잘난 체하고, 어
떤 이는 더 많은 힘을 부릴 수 있는 위치에 있다고 자신을 능
력자로 동일시하면서 살아간다. 이 모든 삶의 풍경들은, 저
마다 자기가 맡은 역할들에 지나치게 빠져서, '중독되어' 살
아가는 연극이고 드라마이다. 김선화는 그런 드라마를 의식

하고, 드라마 너머를 바라보기 시작한다.

> 이야기를 만드는 것은
> 목숨을 부지하는 일
> 이 이야기가 끝나면
> 삶도 없다네
>
> 살아가는 일은
> 거짓 이야기
>
> 목숨은 몽땅 거짓말
>
> 「천일야화」 전문

삶을 드라마로 바라보는 화자(話者)에게는 마이클 잭슨 같은 대스타 또한, 자신의 역할극에 지나치게 충실한 한 명의 배우였을 뿐이다. "그는 더 희게 피부를 벗겨냈다 / 그는 더 아름답게 살을 베어냈다 / 그는 더 멋있게 뼈를 깎았다 // 그는 노래 부르고 춤추었다 / 그는 죽도록 노래 부르고 춤추었다 / 환호하는 군중의 마약에 취해 / 그리고 / 죽었다 // 주검 곁에는 주사, 약, 그리고 어린 소년들이 나뒹굴고 / 마이클 잭슨이라고 하는 꽃은 / 멋있고 노래 잘 하는 자신이라는 감옥에서 / 또 그를 지키고 있는 수억의 간수들 틈에서 / 그냥 그렇게 져버렸다" (「마이클 잭슨」 중에서)

이 모두가 드라마이고 꿈이라면, 우리는 도대체 무엇을

그렇게 두려워해야 한단 말인가? 단지 역할을 하고 있는 것 뿐이라면, 그것을 알아차리게 된다면, 지나치게 역할 자체에 얽매일 필요가 없는 것이 아닐까?

저 높은 성벽 너머가
성스럽고 거룩한 곳이라 하였다.
깎아지른 절벽 위에 있는 성벽
돌아서 가면
저 끝 어딘가에서 넘어 갈 수도 있는 듯,
이쪽으로 가보아도, 아이쿠 무서워
저쪽으로 가보아도, 아이쿠 무서워
에라, 포기하자

어머나, 꿈이었구나
떨어져도 되는데
떨어져도 아무렇지 않은데
왜 그렇게 벌벌거리고 있는 거야?
왜 이렇게 조급하게 헤매는 거야
하늘까지 쑥 올라가도 되잖아
땅으로 툭 떨어져도 되잖아
꿈이잖아
꿈이잖아

「이 세상이 꿈이라면」 중에서

꿈이라는 것을, 드라마라는 것을 의식하고, 그런 역할

극에 중독되어 자기를 역할 자체와 동일시하는 것으로부터 벗어나기 시작하면, 무대 뒤편을 향한 자유가 서서히 싹이 트고 자라나기 시작한다. 그리고 똑같은 역할이라도 관점에 따라 삶이 주는 선물 또한 바뀌게 된다는 것을 알아차리기 시작한다.

> 누가 시켜서 저 산을 오르면
> 고생이고
> 내가 자진해서 저 산을 오르면
> 등산이다
>
> 남이 나를 가두면
> 감방이고
> 내가 스스로 갇히면
> 수행이다
>
> 내가 택해서 이 고행을 하면
> 사랑이고
> 어쩔 수 없이 당하면
> 팔자이다

「팔자」 전문

운명을 의식하는 순간, 그는 비로소 운명에서부터 벗어나기 시작할 수 있다. 운명이라는 것을 바라본다는 것은 운명에 갇혀 있지 않다는 것을 반증하기 때문이다. 무엇을 위해서 운명이라는 연극에 그토록 빠져서 지냈을까? 무엇 때문에 더 여유롭게, 더 자유롭게, 나의 역할을 즐기지 못하고, 삶이라는 치명적인 유혹에 빠져서 자유를 향해 몸부림 마음부림 했을까?

시인은 이제 그런 운명의 놀이가 서서히 끝나간다는 것을 의식한다. 그리고 고백한다. "나는 그림들이 너무 황홀해서 / 그림들 속에서 그만 / 길을 잃고 말았어요"(「내가 그린 그림」 중에서)

하지만 곧바로 엄청난 고백이 이어진다. "내가 그린 그림이라는 것도 / 까마득이 잊고 말았지요"

그 모든 희로애락이, 운명이라는 것이, 바로 자기 자신이 그린 그림이었다는 것이다. 이것은 어떤 이에게는 청천벽력 같은 소식일 수 있다. 꿈같은 연극 속에서, 드라마 속에서, 길을 잃고 헤매던 역할극의 배우가, 갑자기 이제 더이상 자기는 배우가 아니라 프로듀서였다고 선언한다. 그것은 피창조자였던 자가 어느 날 갑자기 창조자가 곧 자신이라고 선언하는 것과도 같다. 어떻게 이런 갑작스런 도약이 이루어질 수 있을까? 도대체 어떤 근거로 그런 소리를 하는 것일까?

여기에 대해서는, 논리로는 설명할 길이 없다. 아니, 아주 거친 논리로써만 설명이 가능할 뿐, 실감하는 것은 저마다의 몫에 맡길 수밖에 없다. 논리로 따지자면, 창조주는 결국 자작극을 할 수밖에 없는 운명을 지니고 있다. 창조주가 무엇을 창조한다고 할 때, 창조주는 결국 자기 자신을 떼어서 재료로 삼을 수밖에 없다. 무엇인가 다른 데서 재료를 가져와서 창조를 했다면, 그 재료를 창조한 이는 누구란 말인가? 창조주는 둘일 수 없고, 태초의 그 창조주는 결국 자신의 분신을 창조하여 그 분신으로 하여금 자신은 창조주가 아니라 창조된 존재라고 믿게 하는 수밖에 없다. 뭇 존재의 근원을 찾아서 올라가고 올라가면, 결국 창조주 혼자밖에 남지 않게 되고, 그러니 모두가 창조주의 "자기 나누기 놀이"에 지나지 않게 되는 것이다.

우주 캔버스에
나는 아주 어마어마하게, 광대한 그림을 그렸지요
하늘, 땅, 바다
해, 달, 별
나무와 꽃, 코끼리와 개미
남자와 여자

지진, 태풍
모기와 바퀴벌레, 버러지와 뱀
탐욕, 어리석음, 성냄
희,노,애,락
생,노,병,사
매춘부, 사기꾼, 도둑도 그렸답니다
그리고 아주 쪼그마한 나까지

「내가 그린 그림」 중에서

우리는 결국 우리가 찾는 "그것"일 수밖에 없다고 했던 어느 성자의 말을, 김선화는 시로 이야기하기 시작한다. 「당신인 나」라는 제목의 연작 시편에는 그의 이 같은 사유가 잘 나타나 있다. "어쩌자고 당신은 / 요상한 형상을 입고 나오셔서 / 이런 괴상한 놀이를 하시남요?"(「당신인 나 (1)」중에서)라는 질문은, 개체성 안에서 갇혀서 살아가는 나의 존재와 그 존재를 창조한 또 하나의 거대한 나를 동시에 의식함으로써 형성된 고차원의 질문이 아닐 수 없다.

개체성을 갖고 있는 내가 개체성을 창조한 또 하나의 나와 아직은 온전히 합치될 수 없기에, 질문은 이어질 수밖에 없다.

무한한 듯 보이는 우주 속의 한 점 티끌인 내가
무한한 마음을 편다

그 세계, 절대 알 수가 없어
머릿속으로 헤매다가 채이고 또 채인다

　　　　　　　　　　　　　　「머릿속에서」 중에서

이런 갖가지 차원의 질문들에도 불구하고, 이 시집을 세상에 내보내는 시인의 노년은 편안하고 아름다워 보인다. 그는 무엇보다도 질문하는 인간이었고, 그럼으로써 놀이에 함몰되지 않도록 애썼던 '명상꾼'이었기 때문이다.

'야들아, 해 저물었다. 그만 놀고 집으로 들어오너라'

엄마가 부르는 소리

싫어요, 싫단 말이야요

아직 해볼 것이 너무나 많아요. 너무나 많아요

　　　　　　　　「소꿉장난」 중에서

들끓었던 열정의 시기들을 지나고, 이제 그는 어디에서나 계시는 "나인 당신"을 바라보기 시작한다.

새벽에 떠오르는 해

초록빛 바다

새들의 울음소리

달빛

꽃

별

눈

아기의 웃음에서 당신을 봅니다

　　　　　　　　「어디에나 계시는 (1)」 중에서

그의 시편들이 거듭 음미되어야 할 필연성이 있다면, 그가 이런 아름다운 것들 속에서만 "당신"을 찾으려고 하는 것은 아니기 때문이다. "밥 먹고 똥 싸고 / 수다 떨고 아프고"(「사랑의 노래」 중에서) 꿈이라도 "지독한 꿈" 속에서, 그 모든 것이 "의식의 놀이"였음을 알아차리는 것이야말로, 자유로 가는 길의 중요한 촉매가 될 수 있지 않을까.

봄이 알고 싶은 의식은
겨울이 되었지요

기쁨을 느끼고 싶은 의식은
슬픔이 되었지요

영원함을 알고 싶은 의식은
태어남이 되었지요

평안(ease)을 알고 싶은 의식은
질병(disease)이 되었지요

풍요를 알고 싶은 의식은
가난이 되었지요

되어감을 알고 싶은 의식은
아기, 뻐기는 청춘, 초라한 늙은이가 되었지요

너랑 놀고 싶은 의식은
내가 되었지요

진실을 아는 의식은
환영이 되었지요

「의식의 놀이」 중에서

이제 그는 인생이란 것이 '신이 꾸는 꿈'임을 알아차리기 시작한다. 꿈 속이기에 신은 자신이 신인 줄을 모르고, 수많은 개체로 분장을 한다.

당신은 개미가 되었다
당신은 별이 되었다
당신은 마약 중독자가 되었다
당신은 창녀가 되었다
당신은 내가 되었다

저 자스민은 무슨 꿈을 꾸길래
이런 향기를 보내는가요?
당신은 무엇을 그리도 바라시나요?
당신은 무슨 숨바꼭질을 그리 하시나요?

모두가 당신이 꾸는 꿈
태양을 향해 꾸는 꿈
싸우는 꿈,
우는 꿈,
헤헤거리는 꿈

「신이 꾸는 꿈」 중에서

이 거대한 드라마, '신이 꾸는 꿈' 속에서는 선과 악이 대등한 무게를 지니고 역할을 한다. 악역은 단지 조연이 아니다. 악역 또한 선한 주연과 마찬가지의 무게를 지니고 있음을 깨닫는 일은, 삶의 전체성을 파악하기 위한 열쇠가 된다. 그래서 시인은 가룻 유다의 역할이 얼마나 막중한 것인지를 깨닫고, 이렇게 노래한다. "제자들 중에 / 나만큼 예수께 공헌한 놈, 이만큼 나와 보시오 / 베드로, 요한… / 에이, 턱도 없는 소리 / … / 빛이 보이려면 / 반드시 어둠이 있어야 하는 법" (「가룻 유다」 중에서)

자유로 가는 길의 마지막 단추는, 악을 배제하고 선을 지향하는 것에서 한 걸음 더 넘어서서 그 전체를 바라보는 일이다. 역할극에 함몰되지 않고, 프로듀서로서의 자신을 바라보는 일이다. 누군가를 만나서 사랑을 하고, 사랑을 하기 때문에 생기는 미움에도 사로잡히고, 그런 애증이 얽힌 사람을 떠나보내는 경험도 했던 시인은, 어쩔 수 없이 끝나가는 이 연극판에서, 마치 아름다운 저녁노을을 바라보면서 사색에 잠긴 사람처럼, 이렇게 노래한다.

주여,
온갖 색채와 모양놀이가 참 재미났습니다
온갖 냄새와 맛도 즐거웠습니다
온갖 소리들에 도취되었습니다
온갖 생각들과 감정들과도 잘 놀았습니다
　　　　　　「주여, 날이 저물어 갑니다」 중에서

이 시집이 주는 가장 큰 선물은, '관점'이고 '시선'이다. 대다수가 개체성 안에 갇혀 사는 세상에서, 개체성 안에 갇

히지 않는 자유야말로 누구나 원하고 지향하는 삶의 목표가
아닐 수 없다. 그의 시편들은 우리로 하여금 개체성 안에 갇
히지 않도록 우리로 하여금 우리 자신을 향해 질문하게 만
든다. 그 질문 속에서 음미하는 시간을 많이 가질수록, 삶의
오묘한 신비가 자기 정체를 더 선연하게, 더 풍부하게 드러
내어 보여줄 것이다.

글·유영일 (수필가, 번역가)